河出文庫

猫と

ねこのエッセイアンソロジー

養老孟司　村山由佳 ほか

河出書房新社

猫とねこのエッセイアンソロジー

もくじ

猫と　ねこのエッセイアンソロジー

「言葉」の介在しない世界の魅力

養老孟司

動物は話をしない。これがいい。なにを考えているのか、こちらがひたすら想像しなきゃならない。そういうふうな想像力を働かせる機会は、相手が人間だと、そう多くない。言葉の通じない外国人に会ったときくらいか。

まるにも言葉は通じない。でも名前を呼ぶと、こっちを向くことはある。それが可《か》愛《わい》らしくて、家内は用もないのに、ときどき「まる」と呼んでいる。つまりこちらの呼びかけには「反応する」。

イヌを飼っている人は、「お座り」をさせたりする。でもその時に、かならずしも「お座り」という言葉を使う必要はない。「リンゴ」でも「カボチャ」でも、なんでもいい。だからこれを「言葉に反応している」と解釈するわけにはいかない。面倒な話だが、人間側の「音声を含む、呼びかけという行為」に反応しているというしかない。

ところで、人間にもかなりそういうところがある。とくに長年一緒に暮らしている家族だと、言葉の内容なんか、聞いていないことが多い。それでもわかってしまうから、問題はない。しかもわからなくたってどうということはない。家族の間では、むしろそういう会話が多い。

現代社会に生きていて、疲れることの一つは、相手のいうことをいちいち聞かなければならないということである。他人のいうことを、おざなりに聞いているわけにいかない。だから疲れる。相手が動物だと、どうせ言葉の内容なんか通じないとわかっているから、長年一緒に暮らしている家族の状態にただちに入ってしまう。だから「癒し」なのだと思う。相手にくだくだしい説明をする必要がない。同時に相手の言い分を聞く必要もない。こりゃ楽ですなあ。

ところで現代人は、よく反応しますなあ。テレビのワイドショーというのが典型だが、なにか「起こったこと」に、ひたすら言葉で反応している。でも起こったことも、じつはほとんど言葉で伝えられている。テレビだから映像がついてはいるが、その映像で事件の全貌が見えるわけではない。言葉に言葉で反応する。それればかりやっているから、「疲れちゃう」のじゃないかしら。

動物は反応だけで生きているわけじゃない。「自分で動く」ものである。でも現代社会では、タバコですら吸いにくいのだから、「自分でなにかをする」機会がきわめて限定されてしまう。だから言葉とそれに対する反応を外してしまうと、ほとんど「なにも残らない」という生活をしている。それって、あまりいい生活じゃないよね。そんな気がしてならない。「自分から出す」のは、ほとんど言葉しかないから、クレーマーが増えるのと違うか。

やっぱり言葉を使わない動物をときどき見習ったほうがいい。そんな気がする。

「四匹のエイリアン」の巻

村山由佳

春が調子づいていく。

何種類かの桜が咲いては散り、咲いては散りして、その間にユキヤナギがコデマリに、コデマリがオオデマリに主役を譲り、そして今、庭では黄と白のモッコウバラとジャスミンと、時計草とスイカズラがもはやひとつの大木のごとく絡まり合って、爆発したように咲き乱れている。三年ほど前に植えた時はそれぞれひょろりとした苗だったのに、土の質に合ったのかみるみるうちに生長し、二階のベランダまでを覆いつくし、毎年ゴールデンウィークが近づくたびにこうして一気に咲き競うようになったのだ。

とくに早朝と夕方は香りがぐんと強くなるせいか、真珠はいつもその時間にベランダに出ては鼻をひくつかせる。右を向いてひくひく。それから扇風機みたいに左のほうへ顔を向けていきながら、ひくひく、ひくひく。数種類の花の香りをかぎわけようとしているかのように、彼女は毎日、熱心に同じことをくり返す。

そうそう、香りで思い出したけれど——このところ、私はお香にはまっている。昔からポプリやアロマオイルなどが好きで集めていたのが、このところはすっかりお香一辺倒になってしまった。

ずいぶんいろいろ試しては失敗もくり返した気がする。何しろ、お店でお香そのものをかいだ時と、実際に火をつけて薫《くゆ》らせた時とではずいぶん香りが違うのだ。一度〈グレープフルーツ〉という爽やかそうなのを買ってみた時は、火をつけたとたん、どこかに猫がおしっこでもしたかとそれこそ鼻をひくひくさせてしまったし、〈パッションフルーツ〉という甘い香りのを試した時は、すぐさま消して窓を開け、空気を入れ換えた。な……生ゴミが腐っとる。

そうして、試行錯誤の末に行き着いたのは、結局、昔ながらの香りだった。〈ひのき〉とか〈白檀〉とか、そういうスタンダードなの。あるいはせいぜい、〈水〉とか〈草原〉とか〈雨上がりの森〉、そんな感じの。

香炉に一本立てて、細い煙がたなびくのを眺めながら部屋に香りが満ちていくのを待っていると、気持ちがゆったりと落ち着いていくのがわかる。ふと、昔よく遊びに行った祖母の家の暗がりを思い出して懐かしくなったりもする。

そんな〈香り〉のもたらす効用を、もしかして、真珠もよく知っているのだろうか。朝夕、ベランダに出て花の香りをかぐのは、あるいは妊娠中の彼女なりのアロマテラピーなのかもしれない。

はてさて――。

「誰の子かわかんないけど、産むわよアタシ」

人間だったらそのまま修羅場に突入しかねないシチュエーションだけれど、猫の世界ではこれがふつう、それどころか今回初めて妊娠した真珠には、自分の体がどうしてこんなにどんどん変化していくのかまったくわかっていないに違いないのだった。

とはいえ、初めてなのは親代わりである私たちも同じこと。私は、買いこんできた何冊もの本を読んでは出産について勉強し、そして、読めば読むほど逆に不安になっていった。

〈充分に成長する前に妊娠した猫の場合、産んだ子猫のへその緒を上手に食いちぎれないうちに次の子が生まれてきて、へその緒が首にからまってしまうことがあります〉

――う、うそ。

〈生まれた子猫が息をしていない場合、あきらめず、逆さにして振ったり鼻に口をつ

けて吸ったり、熱めの湯と水とに交互につけてさすったりしてみて下さい〉

——お、おどかさないでよ、頼むよぉ。

そうして首までどっぷりと不安につかってしまった私は、あらためて、つくづく猫たちを偉大だと思った。猫の世界には、もちろん、育児雑誌も出産指導もない。けれど、情報としては何ひとつ知らなくても、彼女たちはすべてを知っている。自分の体に起こるどんな変化もあるがままに受け入れて、ほとんどの場合、誰の手も借りずにたったひとりでお産をやりとげるのだ。

本能といってしまえばそれまでだけど、それってほんとにすごい。同じ生きものなんだから本当は人間にだってそういう強さが備わっているんだろうに、なまじ情報をたくさん得られるせいでかえって不安になっていくって、いったいどういうことなんだろう……。

＊

水を満たした風船。

真珠のおなかの手ざわりは、まさにそんな感じだった。歩くとたぷんたぷんと揺れて、今にも地面につきそうだ。本人もさすがにだるいのか、庭に出てもすぐにごろんと横になる。

盛りあがった脇腹の表面が時おりメケメケメケメケッと異様な動き方をするのは、中で子猫が動いているせいだ。おなかにそっと手をあてていると、子猫たちの頭や足が押し返してくるのがはっきり感じ取れる。中からミューミュー鳴き声が聞こえないのが不思議なくらいだった。

重たいおなかを引きずって歩くだけで消耗するのか、真珠は眠っている時間が長くなり、おまけに寝言も多くなっていった。机に向かっている私の横で、ひげや四肢をヒクヒク痙攣《けいれん》させながら〈あにゃ?〉だの〈ほげっ〉だの〈んくくくく〉だのとつぶやいていたかと思うと、突然、こっちがびっくりするような勢いで飛び起きる。もしかすると、エイリアンに体を乗っ取られた夢でも見ていたのかもしれない。

今日あたり生まれるんじゃないか。いや、明日こそ危なそうだ。――そんな落ち着かない毎日がずいぶん長く続いた。これまでは仕事で東京に出かけると一泊してくることが多かったのだけれど、留守の間に万一生まれてしまったらと思うと、夜中でも車を飛ばして家に帰らずにいられない。寝る時も、夜中に何かあったら物音が聞こえるようにと、ふだんなら閉める寝室のドアを十センチくらい開けて寝る。

それなのに、真珠のやつときたら、あくまでもマイペースなのだった。ふらりと出かけたきり二日くらい平気で帰ってこなかったりする。

そういえば、本にはこう書いてあった。

〈母猫は、自分が最も安心できる場所を選んで出産します〉

思い出したようにひょっこり帰ってきてはカリカリを食べる真珠を見守りながら、私たちはひそひそと話し合った。うちで産んでくれるかなあ。もしかして、こばんみたいに裏山の奥で産んじゃうかもねえ。案外、自分の生まれた場所を覚えてたりしてねえ……。

そんなある晩のこと。

ようやく眠りに入りかけていた私は、ふと空気が動いたような気配を感じて目を開けた。

と、ひょい、と真珠が枕元に飛び乗ってきた。いつもなら、たとえドアが全部開いていたって寝室にだけは絶対に入らないのに。いっぺん教えたことはちゃんと守るのが真珠なのだ。

よっぽど人恋しくなったんだろうか。

「だめだめ、真珠。また明日ね」

枕元の電気をつけ、ベッドを出て、ゴロゴロとのどを鳴らして甘える真珠を抱きあげた私は、ぎょっとなった。シーツの上、たったいま彼女の座っていたその場所に、淡い桃色のしみが点々とついていたのだ。

眠い頭が一気に覚醒した。

今夜だ。——生まれる！

急いで真珠を二階へ連れていって段ボールで囲った産箱の中に寝かせたのだけれど、彼女はすぐに出てきてしまい、激しく私に甘えた。体をこすりつけては鳴き、ごろんと横になり、のぞきこむ私の顔をしんどそうに見あげてはかすれ声で〈おなかさすって〉と要求する。

時計を見ると、もうすぐ二時だった。

こうなったら、徹夜しかない。

服に着替えて座った私のまわりで、真珠はひっきりなしに場所を変えては、うとうと眠ってばかりいた。産箱にはろくに入らず、ちょっと入ってもすぐに出てしまう。

それでも、最初の陣痛は思ったより早くやってきた。ふいに私の膝によじのぼってきた真珠が、腹ばいのまま下半身をひきつらせ、低い声でンンンン……と唸る。おなかを撫《な》でてやるとせつなげに鳴いて横になり、頭を私の腕にのせてゴロゴロのどを鳴らす。

きっかり十分後に二度目の陣痛。さらに一時間ほどたつうちには、五分おきになった。

腹ばいになったり起きあがったり、落ち着かなげに姿勢を変えては下半身を痙攣させる真珠の前足を、私はまるで瀕死の病人をみとるみたいに左手で握り、右手でけんめいに彼女のおなかをさすった。痛みが襲ってくるたびに、真珠は前足の爪を丸めて私の指をきゅううっと握りしめ、ひたいを手の甲に強く押しつけて痛みに耐える。

　いじらしくて涙が出そうだった。もうすぐだからね、よしよし頑張れ、もうすぐだから。そんな当たり前のことしか言えない自分に、というより、言ったって言葉の通じないもどかしさに身をよじりたくなる。

　どれくらいたったのだろう。

　そのまま一気に生まれるものとばかり思ったのに、陣痛はなぜかいったん小休止となり、私は床の上で真珠に添い寝しているうちにうつらうつらしてしまったらしい。

　物音にはっと飛び起きると、真珠は私の机の下にうずくまって、おなかをこれまで以上に激しく収縮させているところだった。クフ、クフ、と呻《うめ》くように鼻を鳴らしながら、ぐぐぐぐぐ、といきむ。慌てて産箱に入れてやろうとしても、やっぱり出てきてしまう。

　私は、さっきまでと同じように彼女の手を握り、せがまれるままにおなかをさすった。さすりながら、ようし頑張れ、ようし、もう少しだから、ようし、とくり返していたら、

「声デカいよ」と言われてしまった。「真珠がびびってんぞ」

　い、いかん。私のほうがうろたえててどうする。落ち着かにゃ。

と思うより早く、真珠がひときわ強くいきんだかと思うといきなり一匹目がッ！

浮かせたお尻から半透明の袋に包まれた葛餅みたいな物体がぬぬぬぬ、と出てきてにゅろん、とぶら下がり、つながっているへその緒を噛《か》みちぎろうともがく真珠の口は大きなおなかが邪魔になって後ろまで届かず自分のお尻を追いかけて変な声で鳴きながらキリキリ舞いを始めた真珠を見て私は完全にパニックに陥りとうとう彼女を押さえこんでお尻からぶらさがった物体をつまんだらあっけなくちぎれたのに驚いて思わず取り落としてしまった、とたんに真珠がそれをガブッとくわえて本棚の陰へ走りこんだ。

「なに、ど、どうなったの！」

「わか、わわわかんない」

体の震えが止まらない。本棚の陰からギシッギシッと何かを食べる音がする。子猫の声はまだ聞こえない。まさか……。母猫の中には産んだばかりの子猫が危険だと感じると食べてしまうものもいるというけれど、でもまさか、まさか真珠がそんな……。

ミュウ！

「あ！」

もう一度、前より大きく、ミュウ！

どっと力が抜けた。同じようにへたりこんでいる相方と顔を見合わせる。

手も足も、すぐには立てないくらいガクガクしていて、仕方なく這いずっていって真珠の後ろからそっとのぞいてみると、彼女が食べていたのは子猫を包んでいた羊膜だった。どうして正しいやり方を知ったものやら、子猫（うわ、ハムスターかこれは！）の鼻につまった水分をなめ取って息ができるようにしてやり、びしょ濡れの体もなめてきれいにし、さらには後から出てきた胎盤をきっちり食べて始末する。

様子を見て産箱に誘ってみると、真珠はやっと中に入って、すぐにそこで二匹目を産み始めた。お互い、さっきよりは落ち着いていた。

それから真珠は一時間くらいかけて、ほぼ十五分ごとに一匹ずつ、全部で四匹の子猫を産み落とした。一匹目は黒白のブチ。二匹目は真珠そっくりのモヤモヤの三毛。三匹目が白地に小さいブチで、最後が絵に描いたような三毛。どの子もみんな、しっぽが長くてまっすぐだ。

隅から隅までなめてもらったおかげで、子猫たちの濡れた毛はすぐに乾いてふわふわになった。柔らかさも頼りなさも、まるで耳かきの先っぽについている羽毛みたいだ。

みゅう、きゅう、みーう、みゃーう……四匹が重なり合い、もつれて転がっては、少しでもよく出るおっぱいを獲得しようとさっそく競いあっている。

それにしても、なんという小ささ！　それでいて、吸いついたおっぱいをもみしだくこの前足の、なんという力強さ！

たったいま、目の前でこの世に産み落とされた、できたての、ほやほやの、命たち。

徹夜明けの眠い目をしょぼしょぼさせながらも、私たちは、なかなかその場を離れることができなかった。

猫に名前をつけすぎると

阿部昭

いろんな猫が飼われています。

首輪をしている猫と、していない猫がいます。

首輪をしている猫は、それを得意がっているように見えます。

首輪をしていない猫は、している猫に会うと、相手を尊敬の目でながめなくてはなりません。

でも、ほんとうは、首輪はそれほど大事ではないのです。

猫には、首輪よりももっと大事なものがあって、これを持っている猫はしあわせです。

それは、自分にぴったりあった名前です。

ところが、これがなかなかむずかしいのです。

なぜなら、人間には、好きなものや、かわいく思うものを、いろんな名前で呼んでしまうくせがあります。

また、一度つけた名前を、つぎつぎと変えたくなるくせがあります。

おまけに、猫が二匹以上、それも同じような模様の毛皮を着た猫がいるときは、つい呼びまちがえてしまいます。

猫のほうでも、毛皮の色が少しずつ変わっていったりします。

生まれたとき、黒っぽかった「クロ」という猫が、大きくなるにつれて、だんだん白っぽくなると、途中で「シロ」に変えたくなります。

「カメ」と「クマ」というきょうだいの猫がいて、「カメ」が死んでしまうと、ときどきさびしく思い出しては、「クマ」のことを「カメ」と呼んでみたくなります。

「クロ」だって、ただの「クロ」ではつまりません。

「クロすけ」とか「クロ子」とか呼びたくなります。

たまには「クロコビッチ」などと、ロシア人みたいに呼んでみたくなります。

年をとって、ほかの猫の子どもの世話がじょうずなので、「クロ子おばちゃん」とも呼ばれるようになります。

家の人が、めいめい自分の好きな呼びかたで、自由に呼びます。

けれども、それでは猫は困るのです。

ある名前を呼ぶと、全部の猫が、いっせいにこちらを見ます。

でも、一匹も返事はしません。

(はて、いまのはだれを呼んだのですか?)

そのうちに、どんな名前で呼んでも、猫はこちらをふり向かなくなります。

(そんなヘンな名前、知りませんよ)

ですから、猫を飼ったとき、いくらかわいいからといって、あんまり名前をつけすぎてはいけません。

名前は、やはり一つだけ、つけるのがいいのです。

猫

伊丹十三

私は猫を一匹飼っている。

いや、この表現は正確ではない。私の気持ちの中では、猫は人間と対等の位置にある。日本語の便宜上「猫を一匹飼っている」と、書きはしても、私は、うちの猫のことを、一度も「一匹」と思ったこともなければ、また「飼っている」と感じたこともない。

強いていうなら、私は、一人の猫と共に住んでいる、とでもいうべきだろう。

そもそも私は生まれた時から猫と共に暮らしてきた。私の過ぎ去った人生を振り返ってみても、周囲に猫のいない時期というのが殆《ほとん》どない。各各《おのおの》の時期が、ああ、あれはあの猫の時分、ああ、あれはこの猫の時分という工合に、様様な猫たちのだれかれと直ちに一致する。

実《げ》に、私においで、猫のいない人生は考えることもできぬのである。

これはおそらく家系なのであろう。私の妹は大江健三郎に嫁《か》したが、或《あ》る年、私のところの牡《おす》猫を一人引き取っていった。この猫は、名を「歯医者」という虎《とら》猫で、尻《し》っ尾《ぽ》がなく、後ろから見ると肛門《こうもん》も睾丸《こうがん》も丸見えであった。妹は睾丸のことを「歯医者の釦《ボタン》」と称していた。

この「歯医者」を妹は溺愛《できあい》していたようである。江戸時代の小咄《こばなし》に、自分の飼い犬が可愛《かわい》くてたまらず、遂《つい》にその犬に金歯を入れてやるというお妾《めかけ》さんが出てくるが、妹も多分にその気配があった。「歯医者」は首輪をして、その首輪には小さな鈴がついていたが、この鈴は純金であった。

「主人には真鍮《しんちゆう》やていうたあるからそうしといてね。でも、ほんとはこれ金なんよ」

そのくらい可愛がっていた。いや、これが可愛がることになるかどうかは別問題だ、そのくらい、猫に関して自制心が無かった、といおうか。

「歯医者」は、のちに妹のところに赤ん坊が生まれ、自分が家庭の中の第一人者の地位から転落したのを知るや、忿激《ふんげき》のあまり、金の鈴をつけたまま家を出てしまった。

ともあれ、これが私の家系である。話を私の猫のことに戻そう。

猫の名をコガネ丸という。漢字を当てるなら黄金丸である。一九六五年に当歳であったから今年で七歳になるだろう。猫は最初の一年が人間の二十年、あとは一年が四年に当るということを聞いたことがあるがこの計算でゆくとコガネ丸は四十代のなかばに差しかかっていることになる。性別は牝《めす》である。

コガネ丸は、幼少の頃からすぐれて頭がよかったが、そのことについて、私は、次のような小文を認《したた》めたことがあった。

「私の玩具《がんぐ》」

マンスフィールドの短篇の中で、子供の玩具がだんだん贅沢《ぜいたく》になってきたのを父親が嘆くところがあったと思う。

「おれなんか子供のころ、タオルに結び目一つ作ったやつを当てがわれただけで、いつまでも温和《おとな》しく遊んだものだった」

というのである。

私における玩具も、まさにこの次元のものであって、さよう、私の場合は、ごく小さな布に、結び目を一つ拵《こしら》えたものを使って遊ぶのである。ただ、私一人では遊べないから、うちにいるコガネ丸という、この遊び専門の猫に相手をしてもらう。

まず、件《くだん》の結び目のある布（これをリボンと呼ぶ）をぽんと投げると、コガネ丸が一目散に駆けていってこれを銜《くわ》える。次に口笛を吹くと、私のところまでリボンを銜えて帰ってくる。この遊びを「名犬ごっこ」といい、コガネ丸はこれを繰り返して倦《う》むことを知らぬ。

　コガネ丸は、この「名犬ごっこ」がやりたいばかりに「おすわり」「お手」「コロリ」なんでも私のいうことを聞く。

　最近では「ピアノ」と号令すると鍵盤《けんばん》の上に跳び上がって四つの足で歩き廻り、前衛風の曲を奏するまでになったので、その有様をフィルムに撮って、作曲家の武満徹《たけみつとおる》さんに見せたら、

「これは僕たちへの当てこすりでしょう」

という感想であった。

「名犬ごっこ」は楽しい遊びであるが、何分際限がなくていけない。コガネ丸が絶対にやめようとしないのである。


　さて、芸術家には二た通りあって、一つは、己れの時代を超越して自分の個性を花開かせるものであり、今一つは、逆に、あくまでもその時代の伝統の中へ沈湎《ちんめん》して、却《かえ》って、その伝統を集大成するところに己れの個性を見出《みいだ》すものであるという。モー

ツァルトは前者に、そうしてバッハは後者に属するのである。

この分類からするならば、コガネ丸は、私における猫の歴史の中で、明らかにバッハの位置を占めるのである。

コガネ丸以前にも、たとえば「お手」をする猫を飼ったことがある。「コロリ」をする猫を飼ったことがある。そうして「名犬ごっこ」をやる猫も二度飼ったことがある。（因《ちな》みに「コロリ」とは、号令一下、床の上にころりと身を横たえる芸である）

しかし、なんといっても、これらの伝統を集大成して、我が一身に具現したのはコガネ丸をして嚆矢《こうし》とせねばならぬ。

私も実に忍耐強い教師であったが、コガネ丸は明らかに神童であった。「おすわり」「お手」「コロリ」「ピアノ」「名犬ごっこ」これだけの遊戯を覚えるのに三週間かからなかったろう。

われわれ二人を動かしたものは純粋の感興であった。子供たちが、自分の発明したゲームを、次第次第に複雑にしてゆくように、私とコガネ丸も「名犬ごっこ」の興趣をいや増さんがために種種のルールを次次に発明していったに過ぎぬ。

私は一度もコガネ丸を嚇《おど》しもしなかったし、また、餌《えさ》で釣るというようなこともしなかった。これは私の自慢である。

さて、名犬ごっこの遊び方は次の如《ごと》くである。

すなわち、まず、リボンと称する小さな布きれを私が遠くへ投げるのである。コガネ丸は矢のように飛んで行ってリボンを摑《つか》まえ、私が口笛を吹くとリボンを銜えて、全速力で私のところへ運んでくる。そして、私の手の届く範囲内にリボンをぽろりと落とすのである。

私は再びリボンを取り上げる。コガネ丸はリボンが投げられたらすぐに飛んで行く気構えで、私の手の動きに目を凝らしたまま猛《たけ》りたっている。

しかし私はすぐにはリボンを投げない。まず「おすわり」を命ずる。コガネ丸はリボンを投げてもらいたい一心でおすわりをする。おすわりの次は「お手」そして「コロリ」続いて「ピアノ」という段取りである。

この一連の命令を、コガネ丸はリボンを投げてもらいたい一心できくのである。何のためにリボンを投げてもらいたいのか？　それを銜えて私のところへ持ってくるためである。何のためにリボンを持ってくるのか？　もう一度投げてもらうためである。

つまり、コガネ丸は純粋にこれを遊びとして愉《たの》しんだものである。私も同様であった。人間と猫とが同じルールに従って遊ぶ。これは一種の知的な協同作業であって、人間と猫とがそういう関係を形作ることは罕《ま》れであるといっていい。

そしてまた、罕れであるだけに毀《こわ》れやすい関係であるともいえよう。私がコガネ丸ともども現在の住居に移り住んで以来、コガネ丸は名犬ごっこに全く関心を示さなくなってしまった。おそらく部屋の地形が単純すぎてリボンを探す妙味に欠けるのであろう。今ではコガネ丸の芸は、オスワリとお手とコロリだけになってしまった。

コガネ丸の頭の構造というのがどういう仕組になっているかは分明でないが、しかし、ある種の思考のようなものは行われているらしい。たとえば簡単な因果関係なら理解しているようなふしがある。

こういうことがあった。

ひと頃、私のところへ毎日の如くヴァイオリン弾きやチェロ弾きやヴィオラ弾きが押し寄せて、明けても暮れても弦楽の合奏に励んでいたことがあった。当然コガネ丸は構ってもらえない。次第次第に不機嫌ないじけた顔になっていったと思ったら、ある日われわれの合奏の合い間を見て、誰かの空《か》らのヴァイオリン・ケースの中に大小便をもりもりとひり出したのである。

ヴァイオリン・ケースに着眼したところが実に滑稽《こっけい》というか哀れというか、つまり猫そのものではないか。

「なにもかもこいつのせいだ！」

というので、派手な天鵞絨《びろーど》を張った、中でも一番上等のケースの中に坐《すわ》り込んで、そいつに懲罰を加えた。

猫というものは人間がいやがることをよく知っていて、なにかの事情で復讐《ふくしゅう》しようとする時は、必ずそれを狙《ねら》う。たとえば真っ白いバス・マットの上にウンチをする。トイレット・ペーパーで爪《つめ》を研いで、トイレット一面紙をまきちらす。しかも残っている紙の方にも深い爪跡が残されていて、引っ張り出しても引っ張り出しても穴があいていて使い物にならぬ、といったようなことをわざとやってみせる。

自分が構ってもらえない時、つまり、一人で二日間も無人の家に置いてけぼりにされたような時、立った腹の持って行きどころが無くてそういうことをやる。明らかに腹いせである。

私たちが帰ってきても出迎えにもこない。呼んでも返事もせずに不貞寝《ふてね》をしている。こういう時にはこちらも陰険な手段を用いて復讐する。つまり架空の猫を登場させるのである。架空の猫にはシロネという名がついているが、（これは黄金《こがね》丸に対する白銀《しろがね》丸の訛《なま》ったものである）架空の猫であるから姿も形もありはしない。

この架空の猫に呼びかけたり賞《ほ》めたりするのである。不貞寝をしているコガネ丸に聞えるように大声で賞める。

「シロネ、ハイ、お手は？　ハイ、お手！　うわあ、えらいねえ！　ハイ、次コロリ！　コロリは？　えらいねえ！　うわあ、シロネはえらいねえ！」

だいたいこの辺で、コガネ丸は耐えかねて釣り出されてくる。そうして、注文もされぬのに自発的にコロリをやってみせたりする。こうしてわれわれは和解するのである。

コガネ丸は、現在、馬鹿馬鹿《ばかばか》しく荘重な首輪をはめている。それは実に単純にして頑丈そうな真鍮の輪であって、私はこれを鹿児島県の知覧で買った。海の近くの田舎道を車で走っていた時、喉《のど》が渇いたので一軒の雑貨屋に立ち寄ってサイダーを飲んだ。その雑貨屋に真鍮の輪を売っていたのである。鉛筆くらいの太さの真鍮の針金を曲げて作ってある。直径は三寸。これは牛の鼻に通す鼻ぐりなのである。

この、全真鍮製の、従ってかなり重い首輪をコガネ丸がしているについてはわけがある。

コガネ丸がひと頃悪性の皮膚病にかかったことがあった。いや、皮膚病であるかないかははっきりせぬが、やたらに毛が抜ける。いろんな獣医に見せたがどうも原因がわからない。ある獣医は皮膚病の注射をうち、ある獣医は全身の毛を刈って薬を塗り込み、またある獣医はホルモンの異常だとかいう見立てで、ホルモン注射をしに毎週通ってくるのであったが、どうしてもなおらない。

ほとんど諦《あきら》めかかっているところへ、ある人から名医という人を紹介された。名医の見立ては実に明快であった。

これはコガネ丸の性格に起因するというのである。名医によれば、コガネ丸は、異常なまでにお洒落《しやれ》であるという。従って、非常に神経質に毛並みを嘗め繕《な》う。多分、嘗めすぎるのだろう。嘗めすぎるから毛が抜ける。毛が抜けると、お洒落であるからして、そういう醜態に耐えられぬ。従って更に嘗める。従って更に毛が抜ける、という悪循環に陥って、今や一種のノイローゼになっているというのである。なによりも精神状態を安定させて、おっとりとした暮し方を取り戻さねばならぬ、という診断を下して、名医は薬も塗らず、注射も打たずに帰って行った。

そこで――これは全くの偶然なんですが、私はある日ふと思いついて、牛の鼻ぐりをコガネ丸の首につけてみた。

その時、部屋の中にはお客をいれて七、八人の人数がいたわけだが、首輪をつけたコガネ丸を見て一斉に嘆声のどよめきを放った。

金色に輝く、重重しい首輪があまりにもよく似合ったからである。

一同の讃美《さんび》の声に応《こた》えて、コガネ丸はすっかり上機嫌になり、頼みもしないのに三回連続してコロリを行った。

以来、神経が多少首輪に集中したものか、尻っ尾や足を、あまり嘗めすぎるようなことがなくなったような気がする。従って毛の抜けるのも止まっているようだ。

猫はその飼い主に似る。ということは、飼い主のほうも、その猫に似ている道理だろう。私の脱《ぬ》け毛がこのところ小康を保っているのには、そんな理屈もあるのかもしれない。

猫

池波正太郎

私のところでは、むかしから猫を飼っているので、猫のいない自分の家など考えられなくなってしまっている。

私が子供のころから今日に至るまで、何匹の飼い猫の死を見とどけてきたことだろう。とても数えきれない。

もっとも、私は仕事に倦《う》み疲れた気分を変えようとして、猫を玩具《おもちゃ》がわりにするので、猫からはきらわれている。

その中で、シャム猫のサムだけは、いくら、しつっこくおもちゃにしても私に好意をもっていてくれるらしい。

シャム猫は、これで三代目だが、いずれも人なつこい。いまのサムは夜半すぎになると音もなく書斎へ入って来て、私の仕事が終るまで、私のベッドで眠っている。

仕事を終えた私が、ほっとしてウイスキーをのむとき、彼にも小皿へウイスキーの少量を水割りにしてやると、音もたてずに飲んでしまう。

彼にとっては、ウイスキーよりも、いっしょに口へ入れてもらうチーズがほしいのかもしれない。

はじめは、おもしろがってむりに飲ませたウイスキーなのだが、シャム猫は、これまでの三匹とも、みな飲むようになってしまったのだ。

このほかに、飼っている猫は三匹なのだけれども、野良猫が合せて五、六匹も飯を食べに来る。

飼い猫の中で、ネネという牝猫《めすねこ》も捨て猫だったのを近所の子供たちが拾って、私のところへ持って来たのである。

この猫は黒と白がまじっていて、飼いはじめのころは、私の机の一隅へ坐《すわ》りこみ、飽くこともなく二時間も三時間も、原稿紙の上を走るペンのうごきを見つめていたものだ。

ところが半年ほどして、突然、行方不明になってしまった。

老母や家人が心配をして、ちょうどそのとき、近くのアパートから九州の方へ移転する人の荷物を乗せた軽トラックが走り去ったので、

「その中へ、まぎれ込んでいたのではないか……」

ということになり、九州の、その人の移転先へ問い合せの速達を出したりしたが、

「猫など、入っていませんでした」

と、返事が来た。

それで私たちもあきらめ、いつしか彼女のことを忘れてしまっていたところ、その後、半年ほどして、

「ネネちゃんが帰って来たわよ」

近所の人が大声で知らせてくれた。

飛び出してみると、角の家の塀《へい》の下に、まぎれもないネネが、むっくりと肥えた姿で坐っている。

こうして、また、ネネは我家へもどったわけだが、行方不明になる前には仲よくしていたシャム猫のサムが、出もどりのネネを脅すようになり、ネネは悲鳴をあげて逃げまわるようになってしまった。

ほかの二匹の猫とも、うまく解け合わず、いつも独りで、サムの目がとどかぬ場所をえらび、凝《じっ》としているのだ。

半年の間、ネネは何処《どこ》にいたのだろう。

通りがかりの若い女が気まぐれに拾ってゆき、飽きてしまったので、拾った場所へ捨てに来たのだろうか。

ちかごろは、そうした例が少なくないという。

ともかくも、出もどりのネネは、他の三匹の飼い猫に気がねをしながら暮している。眼《め》が小さくて三角形をしているものだから、老母は、

「ネネの眼は、帝釈《たいしゃく》さまの眼にそっくりだ」

などという。

明け方近くになり、仕事を終えた私が廊下へ出ると、サムの目を逃れたネネが片隅にうずくまってい、その腹や頭を撫《な》でてやると、そのときだけは拾われてきたときのように甘え声を出す。

その声をききつけて、書斎にいたサムが飛び出して来ると、ネネは、あわてて何処かへ隠れてしまう。

さて……。

つい先ごろ、月刊誌の連作小説を十五枚ほど書いたところで、はたと行き詰ってしまった。

いつもなら、一日か二日で壁を突き破れるのだが、このときはどうにもならず、五日も六日も先へすすまぬ。仕方なく他の仕事に手をつけていたが重苦しい毎日が暑熱の中でつづくのはやりきれなかった。

そうした或日の夕暮れに、応接間で、ぼんやりと食事前の酒をのんでいると、ネネ

が道路に面した塀の上に腹這《はらば》いとなって寝ており、いつものように空間の一点を見つめたまま、身じろぎもしない姿に気づいた。

（あんなとき、猫は、いったい何を考えているのだろう？）

私は、いつも、そうおもい、犬などよりはずっと人間に近い生きものとして猫を見るのだった。

「おい、ネネ。何を考えている？」

私がよびかけると、ネネは物憂げにこちらを見て、ふたたび、顔をそむけてしまった。

その瞬間に、私は、

（しめた!!）

と、おもった。

押しても突いてもくずれなかった小説の壁に、ぽろりと穴が開いたのである。

そこへ猫を登場させることによって、小説はどうやら結末へつながろうとしている。

そのとき、私は到来物の生《なま》の車海老《くるまえび》をワサビで食べており、最後の一尾が残っていた。

「ネネ。ここへおいで」

よびかけたとき、廊下から、これも捨て猫を近所の子供が拾って来て、私のところへもって来た仔猫《こねこ》のトン助がノコノコとあらわれ、私の膝《ひざ》へ乗り、鼻を鳴らした。

彼は、我家でもっとも可愛《かわい》がられている猫だ。サムにも可愛がられている。

「ダメ」

と、私はいい、

「あっちへお行き」

トン助を廊下へ追い出したら、そこにサムがいる。

私は応接間の扉を閉めてから、ネネを何度もよんだ。

やっと、ネネは重い腰をあげ、塀から降りて、応接間へ入って来た。

私は車海老を箸《はし》でちぎって、ネネにあたえた。

さも、うまそうにネネが食べるのを、ちょうど入って来た老母が、

「あれ、もったいないじゃないか、車海老を……」

と、眼を剝《む》いた。

「いいんだ。ネネは役に立ってくれたのだから……」

私はこたえて、車海老をあたえつづけた。

風の中の子猫

稲葉真弓

最初の場所

一九七七年の夏の終わり。たぶん夏の終わりだったと思う。私は一匹の猫に出会った。毛玉のようなふわふわしたかたまり。小さな小さな赤ちゃん猫。

コインほどの大きさの顔。その顔が裂けるほどの大きな口を開いて、猫は闇の中に宙吊《ちゅうづ》りになっていた。府中市Y町の、多摩川べりにある中学校のフェンスが私と猫との出会いの場所だった。

あのとき風はどちらから吹いていたのだろう。たぶん多摩川の方向から、住宅街に向かってゆるやかに動いていたはずだ。声は風の流れに乗り、私は風に向かって歩いていった。最初は家の垣根の間や、路地のあちこちにある空き地の草の間ばかりに視線がいった。しかし、声は下ではなく上のほうから聞こえてくるのだ。ふと、顔を上げると、そこに白いものが見えた。

校庭の薄闇が大きく広がっている。道路と校内を隔てる高い高いフェンスが目の前にあった。だれがフェンスの穴に押し込んだのか、子猫は私が爪先立《つまさき》ってやっと手が届くか届かないかの高さにぶらさがり、手足をつっぱってしがみついていた。

ピンととがった耳、濡れたようなあどけない目、桃色に裂けた口、フェンスの穴から落ちないように精一杯体を膨らませている。どこからか振り落とされたのではなく、自分で上がっていったのでもない、何者かの悪意か悪戯によってそこに運ばれてきたということがわかる形で、怯えきった顔で私を見下ろしていた。

「おいで……」

腕を伸ばすと小さな猫は、思いがけず強い力でしがみついてきた。全身冷えた、頼りない体だった。胸に抱きとったとき、鼻先に甘やかな動物のにおいがなだれこんできた。乳と夏のにおいのしみこんだ体。稚い柔毛のさらっとした肌触りが、手のひらいっぱいに広がっていった。

まだ生まれて間もないと思われるのに、もう鋭さのそなわった形のいい爪《つめ》がきれいに揃って、鼻も口もどこもかもが小さく愛らしかった。体を撫《な》でてやると、猫は心もとないほどの量の全体重をこちらに預けて、くいくいと頭を押しつけてきた。

親はどこにいるのか、捨てられたのか、それとも親からはぐれて迷っているうちに、フェンスにつっこまれたのか、宙に浮いてさぞ心細かっただろうと思うと、とりあえず今夜だけでも、心地のいい場所に横たえてやりたくなった。家に牛乳はあっただろうか。落ち着けるような箱を探さなくては……。思いながら私は、子猫を胸に抱いたまま玄関から台所に駆け込んでいた。

「猫」と私は夫に言った。「外で鳴いていたの」言いながら、猫の首を指でつまみ、高々と差し上げて見せた。「ほら、こんなに小さい」胸から引き剥《は》がすとき、綿シャツの布がばりばりと音を立てた。明るいところで見ると、猫はいい顔をしていた。白と黒と茶の毛が頭のところで縞になって、背中はまだらのミケ。腹の部分だけ真っ白なメス猫だった。

二十年以上も前のことなのに、そのときの猫の爪の力を覚えている。くいくいと胸に頭を押しつけてきたあどけない仕草も忘れていない。出会った夜、たしかにあの町に風が吹いていたことも。そうでなければ、一区画離れた中学校から声が届くわけはなかったのだ。ひょっとしたら私の家の窓に向かって声は届けられたのかもしれない。たぶん夜の偶然によって、あるいは川風の力によって。

この町には、風は繰り返し繰り返し、川のほうから波立って家々に届く。水の質によるのか、いつも涼しいアルコールのにおいを思わせる風は、強くもなく冷たくもなく、あんまり気持ちがいいので夏から秋にかけて窓をいっぱいに開けておきたくなった。あるいはその窓の力によって私は猫と出会ったのかもしれなかった。

東京に来て三年目に入ったころで、私はもうやみくもに黄色いカーテンを縫わなくなっていた。以前住んでいた町の小さな家で、黄色いカーテン、黄色系のクッションを縫うことにとりつかれていた。

最初の家は江戸川べりの新興住宅街にあり、あたりにはどれも二階建ての似たような形、間取りの家々がびっしりと並んでいた。切り売りされた土地に、目いっぱいの建ぺい率で建つ家々は、庭らしきものはほとんどなく、壁に耳をつければテレビの音や声が聞こえてきそうなほど、隙間なく隣りあっている。

家中に、黄色い砂混じりの埃が舞い降りることを知ったのは、住んでから一か月もたたないころだった。砂は、畳の隙間、窓のサッシ枠のレールの間に容赦なく入り込み、雑巾はあっという間に黄ばんでいった。拭いても拭いてもどこからともなく入ってくる砂混じりの風と毎週格闘したあげく、ついに私は、黄色の砂に対抗するために、黄色とオレンジ色の繊維を組み合わせて織った敷物、黄色のカーテン、黄色やレモン色のクッションを置くことにしたのだ。同じ色で覆ってしまえば、色は見えなくなる。おかげで部屋にはポップな色があふれ、足を踏み入れるとポピー畑にいるような気分になった。しかしこの苦肉の策も、砂風の解決にはならなかった。

「黄色病」から解放されたのは、府中市Y町に来てからだった。この町は、以前住んでいたのと同じ川べりの町ではあっても、吹く風がまるで違っていた。

一九七五年春。私たちは多摩川べりの町にある庭つきのAさんの家に来た。Aさんは夫の同僚で、彼が地方に転勤になったのを機に、しばらく留守番役で借りることになったのだった。庭に、子供用のブランコが据え付けてあるのびやかな家。間取りは十畳ほどの南向きのリビングルームに、リビングとの仕切りにカウンターのある明るいキッチン、それに六畳の和室が二部屋と、四畳半の小部屋がついていた。

どの部屋にも窓があって、外が見える。隣家との間にはたっぷりと空間があり、壁越しの音も聞こえない。

家は不思議だ。内側に声がある。気配がある。部屋それぞれににおいもあれば、人を抱いたり、優しくしたりする空気もある。たぶん建てた人の心が隅々にしみこむのだろう。他人のものではあっても府中の家は、前の家に比べたらずっと稳和な顔をしていた。

私はもう黄色の布を買わなくなった。今度の家は白が似合った。カーテンは白、余分なものを置かないほうが美しく見える家だった。床には敷物も敷かなかった。素足に木の床の感触が、そのまま〝家〟の顔になった。

私は、ブランコが風で揺れる風景に慣れ、庭の芝のほっこりした感触に慣れていった。ソファも食器戸棚も、物入れの中の用具の多くが他人のものなのに、半年もたつと昔からその家に住んでいたような気分になったものだ。多摩川の土手をぶらぶらと歩きながら、水面を眺める休日の夕暮れどきの散歩は楽しかった。

春先には住宅街に白とピンクのハナミズキの花が咲き、点在する林には真っ白なニセアカシアの花が咲き乱れる。私たちがこの家に来たのは秋だったのに、あっという間に春が来て、次々と風景は変わるのだった。

家の前にあるのがニセアカシアの林だとわかったのも、白い花が咲いてからだった。窓を開けておくと濃密な香りを含んだ風が、カーテンをいっぱいにふくらませて通り過ぎていく。花が咲くだけで、あたりはずっと明るくなった。風ににおいがある町に来たのは、たぶん初めてのことではなかっただろうか。

自分が「黄色病」にとりつかれていたことが信じられないほど、穏やかな日々だった。

猫に会ったのはそんなときだった。軽くなった心の中に、すっと入ってきた猫はこちらが無色透明でなければ出会わないような形でやってきた。あのころ私は、ただそこにいる幸福でぼーっとしていた。砂にいらつくこともなく、雑巾を持って駆け回ることもない。そんな無防備な感情が、猫を迎える気になったのか、私は後先を深く考えることもなく子猫と目を合わせ、肌を合わせ、歩き出していたのだった。

猫　小さい
爪　透き通った　蛋白質
耳　動いている　聞いている
目　濡れて　涼しい
町に薄くアルコールのにおう　夜
おまえは遠いところからやってきた
いらっしゃい　こんにちは
わたしはニンゲン　おまえは猫

ビーチの到来（抄）

町田康

猫たちのいる二階の掃除は拙宅の一大プロジェクトである場の空気を読む、という能力を根底から欠いているため、六本木という過酷な場所で生き延びてきた種族の末裔である奈奈、偏屈王子・エル、地獄のシャンパン兄弟に始終、ボコボコにされ、こんなことが続けばいずれ屈折した奴になってしまうのではないか、と、心配されたビーチであったが、根底から気にしない性格と言うか、どつき回されている最中こそ、耳を寝かせって必死の形相で、ぷぎゃああっ、などと喚いているが、事が終われば、けろっとした顔で、とっとっとっ、と歩いて、へちゃっ、と床に腹ン這《ば》いになり、手首を舐《な》めてその手首でもって顔や首の後ろをこすっているのであり、その様は、恰《あたか》も夕涼みをしてる人のごとくに気楽なのである。

また、やることが他の猫とは一風変わっていた。

おやつ、を与えたときやなんかもそうで、拙宅ではビーチがくる前から、ごはん、とは別に、おやつ、を日に二度、与えることになっていた。

なぜかというと、みんなが、「ごはん、だけでは飽きがくる。たまには、ペティオ・乾しカマスライス、ペティオ・花ささみ、といった、おやつ、を食べたい」と言うからである。

そこで、これを買ってきて与えるのだけれども、難儀なのはこれが、意外に高値である点で、例えば、乾しカマスライス、というのは、その名の通り乾燥させたカマボコをサキイカのように裂いたものが袋詰めで売っているのだが、これが、なんと、三百円以上するのである。

それを朝晩で二袋、ぺろっと平らげるのだから、一日あたり六百円以上、一月にすると二万円近くになるのであり、働き奴には辛い金額である。

一度だけ交渉を試みたことがある。私は窓辺に座って外を眺めて機嫌よさそうにしている奈奈に、「貧乏なので、おやつ、は日にいっぺんにして貰《もら》えないでしょうか」と言った。奈奈は言った。

「君が毎晩飲んでる、酒、ってやつを週にいっぺんにするんだったら私も考えてもいいよ」

「わぶぶぶぶ。すみませんでした」

私はそう言って謝った。奈奈は、「そういう間違ったことは二度と口にしてはならない」そう言って私を黒い目で見つめた。私は目をそらし、俯いて、「本当にすみませんでした」と言った。

それ以来、私は、「おやつが日に二度であることを悲しむのではなく、日に三度でないことを喜ぼう！」と唱えて日を暮らしているのだが、それはまあ、よいとして、そうして日に二度与え、みなが喜んで食べる、おやつ、をビーチはひとり食べない。もちろん、ビーチにだけ与えておらない訳ではない。ちゃんと人数分の皿を用意している。にもかかわらずビーチだけが食べない。

端《はな》は、みなと同じように、「わーい、おやつだ、おやつだ」と言って喜んでいる。みなはそう言っておやつの皿の方へ走ってくる。

ところが、ビーチはただひとり違う方向へ走って行く。どこへ走って行くかと言うと、通常の、ごはん、が置いてある方へ走って行くのである。

そして、ウマイー、とか言いながらひとりで通常の、ごはん、を食べている。その後ろ姿をみていて悲しい気持ちになった。

遠慮しているのではないか、と思ったからである。

申し上げた通り、ビーチはみなにどつきまわされていた。私はビーチが、

「わーい。おやつだ、おやつだ。おいしそうだなあ。うまそうだなあ。ぜひともわたくしも食したいものだ。よし、食そう。と言って、しかし、待てよ。ぜんたい、僕のごとき新参者が、トットットットット、と走っていたら、あの恐ろしい奈奈ねぇさんがなんと言うだろうか。あの、はっきり言って◯◯◯◯としか思えない、シャンパン兄弟になにをされるだろうか。それを考えると恐ろしくって、おやつ、なんて食べちゃあいられない。でも、ああやってみなが、おやつ、を食べているのだから、僕だってなにか食べたいので、この際、僕は、ごはん、を食べることにしよう。ノソノソノソ、と移動してね。ああ、いつも、ごはん、だ。味気ないなあ。しかし、これを、味気ない、と思ったのでは自分が惨めすぎる。僕はこれをうまいと思って食べることにしよう。あー、うまいなあ。乙なものだなあ。こういうものが僕は一番、好きなんだな」

と思いながら、ごはんを食べているのではないか、と思い、心が少々潰れた。

しかし、ビーチがなにを考えて、ごはん、を食べているのか、いまの時点ではわからない。ビーチの心内語を私がわかるようになるのは、まちっと先、つうことなのでげしょう。

ということで、ビーチは種々の意味で一風変わった奴なのだけれども、性格以外の部分でも突出しているというか、普通じゃねぇよ、と思う部分があった。

つうのは、抜け毛、である。

猫というのはよく毛の抜ける生き物である。日常的にも抜けているが季節の変わり目には毛が生え変わるため、おっそろしく抜ける。ビーチはこの抜け毛が尋常ではなく、他の猫の、そう、六倍は抜ける。

なので、拙宅には常に猫の毛が舞っており、ついうかうかと掃除を怠ると、部屋のあちこちに猫の毛の塊が落ちじゅうたんを敷きつめたようになる。

なので、こまめに、できれば日に二度くらい掃除機をかけたいのだけれども、これが叶わぬのは、シャンティーが、極度に掃除機を怖れているからである。

まあ、一般に猫は掃除と掃除にまつわる道具が嫌いである。

箒を使って掃除をしていると激怒してこれに殴り掛かってくる猫は多いし、掃除機を使っていると、シャー、フー、と言って威嚇する猫もいる。

つまりさほどに猫と掃除というのは相性が悪いものなのだが、シャンティーの場合、これが度を過ぎていて、あるとき私が掃除機を使っているのをまともに見たときは三日間、ベッドの下に隠れて出てこなかった。

以前はそうでもなかったように思う。ある時期から極度に掃除機を怖れるようになったのだ。その間、いったいなにがあったのか。原因が分かれば対処法もあるのだけれども、その件については当人も黙して語らず、ただ、無闇に掃除機を怖れるばかりなので、対処のしようがない。

そこで、猫たちのいる二階の掃除は拙宅の一大プロジェクトである。

二階には三つの間があるのだけれども、一間は衣装部屋で基本、猫は立ち入らない。問題は衣装部屋と廊下を隔てた二間で、まず、廊下に通ずる扉を施錠する。次に、一間に猫を集める。集めるのは猫に好かれている家の者の役で、おやつを用意のうえ、「みんなー、おいでー。にゃにゃにゃにゃにゃ」なんて猫撫《な》で声で呼ぶのである。それでもなかなか全員が集合しない。奈奈だけがもう一間のほうにいたりする。それでようやっと奈奈が来たかと思ったら、こんだ、ビーチがのそのそもう一間の方へ出ていったりする。

やっとこさ猫が一間に集まると、「みんないるな。よし、いまだ。閉めるぞ」という掛け声とともにふたつの間を仕切る引き戸を閉め、それでようやっと掃除ができるのである。

そうして一間の掃除が終わると、次はもう一間の方の掃除にとりかかる。これがまた、困難を極めるのだ。

あれは、掃除機、といって、とっても便利な文明の利器ですよ
困難を極めるのは、シャンティーが掃除機の音と形状を極度に怖れ、間近にみると

精神に激しいダメージを受けてしまい、掃除をするあいだは別の部屋にいて貰う必要があるからである。

それでも最初の一室の掃除を始めるときは、こっちが掃除という凶悪な行為に及ぼうとしていることを先方に知られていないため、申し上げた通り、おやつの袋をカシャカシャして、文字通りの猫撫で声で呼べば、どうにかこうにか全員を集合させることができる。

そのうえで、その部屋の襖《ふすま》をみんな閉めてしまって、最初の一室の掃除を始めるのであるが、問題は、さあ、そうして最初の一室とそして廊下、洗面所の掃除を終え、次に、その猫がみんないる部屋を掃除するために、掃除の終わった部屋に皆さんに移動してもらわなければならないが、これがなかなかうまくいかぬ、という点である。

というのは、奈奈、エル、パンク、ビーチは、ふたつの部屋の境の襖を細く開け、掃除が終わった部屋に移動した家の者が、玩具等で気を惹きつつ、「みんなー、おいでー」と呼べば、なんとなく、そっちの方へ移動していくのだけれども、掃除機の音が恐ろしくてならないシャンティーは、クローゼットの奥底に身をひそめて、いくら呼んでも出てこない。そこで、クローゼットを覗き込み、突きこんである雑多な品々の向こう側で、身体を小さくしているシャンティーに、

「シャンティー。大丈夫だから出ておいで」

と声をかけるのだけれども、シャンティーは、「あんな悪魔の機械を操作する人の言うことを聞いたら殺される」とでも言いたげな、猜疑心丸出しの瞳でこちらをチラと見たうえで顔を背け、頑《かたくな》に出てこない。

そこで粘り強く、

「シャンティー。あれは、掃除機、といって、とっても便利な文明の利器ですよ。あれがあるお蔭で主婦のみなさんなんかはムチャクチャ楽になったんです。なので、いまはどこの家にも掃除機がある。けっして悪魔の機械なんかじゃありませんよ」

と、説得するのだが、シャンティーは、

「いや。間違いない。あれは悪魔の機械だ。出ていったらあれに吸い込まれて死ぬ」

「大丈夫だよ。あんな細い管に貴君が入るわけないじゃないですか」

「いやだ、いやだ。僕は絶対にここから出ない。まだ、死にたくない。もっとおやつも食べたいし、徳利も運びたいし、ビーチも殴りたい」

「大丈夫。おやつも食べられるし、徳利も運べる。ビーチを殴るのは、まあ、できればやめて欲しいけど」

「やめないと殺すのか」

「だから、殺さない、つってんじゃん」

「あ、なんかいま、乱暴な言い方しなかった?」

「あ、ごめん、ごめん。あなたがあまりにも頑だから、つい」

「やっぱりな。本性が出てきたよ。猫撫で声で呼んだり、文明の利器とか、もっともらしいことを言ってるけど、やっぱり殺すんじゃないか」

「違う。誤解ですよ」

「誤解じゃないね。現にパンクとか奈奈さんとかの姿が見えないじゃん。殺したんでしょ」

「殺してねぇよ、っていうか、殺してませんよ。みんな隣の部屋にいたのです。頼むから、そこを出て向こうの部屋に行ってもらえませんか。絶対、殺しませんから」

「無理」

と、シャンティーはどこまでも頑で、そうすっと、向こうの部屋から、家人の、「まだあ?」と、促す声が聴こえてくる。

「いま、鋭意交渉中なんだけど、相手は強気の姿勢を崩さず、交渉は難航中だ」

と答えると、なにを弱腰外交を続けているのか、国民(奈奈、エル、パンク、ビーチ、家の者のこと)の忍耐はもはや限界だ、と言挙《ことあ》げし、さらに、もはや武力行使しかないのではないか、と言う。武力行使、すなわち、本人の意志を無視して、武力でとらまえ、ぶらさげて隣の部屋に運んでいくということである。

というと、猫と暮らしていない人は、「なにを大袈裟なことを言っているのか。その程度のことなら武力行使とは言いません。せいぜい行政代執行ですよ」と、情けに溢れたお言葉をかけてくださるに違いないが、怯えている猫にとって、意志に反して引きずり出され、連行されるのは紛れもない、武力、なのである。

　しかし、もはや国民の忍耐は限界を超えており、私はついに武力行使を決意した。だがしかし、もう一度だけ、もう一度だけ、説得を試みよう、と、「シャンティー。頼むから出てきてくれ」と、懇願するも、シャンティーは、「絶対に出ない。なぜなら俺はまだ死にたくないから。悪人に騙されたくないから」と言いはって、出てこない。

　そこでやむなく、クローゼットの奥に手を伸ばすのだけれども、クローゼットには、様々の混乱物が混在して混雑をきわめており、それらの混雑物に阻まれて私の両腕はなかなかシャンティーに到達しない。到達できない。そこで、急がば回れ、というので、その混乱物をいったん片づけて……、と考え、混乱物を取り出すと、膝の周りが忽ちにして混雑し、立ち居がおぼつかなくなる。ああ、立ち居がおぼつかなくなってしまったなあ。と思う間もあらばこそ、脱兎のごとく、というか、脱猫のごとくにシャンティーがクローゼットの塹壕から飛び出てきて、壁にくっつけておいてある大きな座卓の下に隠れてしまう。

　またぞろ呼ばいつつ、這いつくばってシャンティーを捕獲しようとするのだけれども、その座卓の下にも混乱物があるので、なかなかかなわず、ようやっと手が届きそうだ、と思うと、ついっ、と逃げ、いつまで経ってもつかまらない。

なんてことをやっているうちにああ、なんたら僥倖であろうか、シャンティーが自ら、細く開いている、戸の隙間から隣の部屋に逃げ込んでくれた。

ああ、よかった。これでようやっと掃除ができる。と、喜ぶ間もあらばこそ、入れ違いのように、こんだ、エルが、悠然とした足取りで入ってきて、これをやっと捕まえたと思ったら、こんだ、ビーチと奈奈が入ってきて窓際でくつろぐ。

国民がついに耐えきれなくなって、自由自在に振る舞い出したのである。

ああっ、と詠嘆していると、家の者が、「私は一階でやりかけの仕事がある」と言って一階に下りていき、私は猫の毛の舞う、部屋に座り込み、膝に乗ってきたビーチの腹や頭を撫でて、「いい子だね」と呟く。その私の手にべっとりとビーチの抜け毛が附着する。笑う。

猫、想像力を鍛える

角田光代

もともと私は心配性である。あり得そうなことも、まずあり得ないだろうことも、つねに想像しては心配している。

つい先だっては、仕事が終わらずひとり仕事場にこもり、数日、猫以外といっさい話すことがなかった。このとき私は、数年前に脳梗塞《のうこうそく》になったという知人の話を思い出した。その人は自覚症状がまったくなく、友人と話していて、「なんだか話し方がいつもと違う、へんだぞ」と指摘されて病院にいき、そこで軽度の脳梗塞が見つかったと話していた。早めの対処がいいのだ、というのがその人の弁。

ひとりで仕事場にいた私は、はたと、「もし私の話し方がいつもと違っても、トト以外だれも気づかない」と思い至った。思い至ったとたん猛烈な不安。しかもトトは、気づいたってだれにも連絡できないのである。

編集の方が、陣中見舞いにちょっと寄ってくれたのだが、そのときすかさず私は「私の話し方はふつうですか、ろれつはしっかりしてますか」とにじり寄るようにして、訊《き》いた。

しかしそれならば、まだ根拠のある心配である。少し前までなら「大人の病気」と認識していた病気に、同世代の少なくない人がかかっている。

「いや、ふつうにしゃべってますよ」と言われ、ようやく安心した。

根拠も必要もない心配に、とらわれることもある。バンジージャンプのときに脚に結わえるゴムみたいなものが、切れたらどうしよう、と私は急激に不安になる。落下していく感覚が、やけに生々しく体じゅうに広がる。

けれど私はバンジージャンプをする予定もないし、しろ、と言われてもぜったいにやらない。だから心配することなど何ひとつないのに、一度思い浮かべてしまうと、想像し、心配せずにはいられない。

昔からそうだ。ちいさなころからあり得ることと、あり得ないことの両方を思い浮かべてはくよくよしていた。くよくよしない、起きていないことを考えない、起きそうもないことで悩まない、ともう長らく自分に言い聞かせているが、猫がきてから、あろうことか、ますます強まってしまった。

猫がやってきてすぐのときは、猫、という生きものを知らないがための心配が山ほどあった。平日は、仕事場にいってしまうため、猫はひとりで留守番をすることになる。この留守番時間に、口にしてはいけないものを口にしてしまうのではないか。ものを落として割って、怪我を負っているのではないか。心配は、だんだん現実味を欠いてくる。

（シャッタータイプの風呂蓋《ふろぶた》を、あのちいさな手でくるくると巻いて）湯船に落ちて溺《おぼ》れるのではないか。

（食器棚のいちばん下の戸を開けて、しまってある箱から自分より重い南部鉄器鍋《なべ》を出そうとして）鍋の下敷きになっているのではないか。

（幼児用のロックをあのちいさな手でかちんと外して、ガス台の火をつけ）火が消せなくなって困っているのではないか。

（あのちいさな手で冷蔵庫を開けて）なかに入り、ドアが閉まってしまって震えているのではないか。

洗濯機の扉を開けてなかに入ったところ、（どういう具合でかスイッチが洗濯・乾燥オンになり）くるくるまわっているのではないか。

次から次へとあふれ出る。風呂蓋を巻いたり南部鉄器の鍋を出したり、ガスの火をつけたり洗濯機の扉を開けたり、できないだろうな、ということは理性的にはわかる。わかるが、「だけど万が一」という思いも捨てられない。「偶然に偶然が重なって」

なくなる。

「可能性はゼロとは言い切れない」、このように心配を補強し、いてもたってもいられ

まだトトがほんとうにちいさいとき、私は続々とわきあがっては消えず強まる心配に負け、飲み会を中座して帰ったことがある。その場にいた全員が驚いた。何しろ私は、若き日からぜったいに最後まで居座っていたのである。恋人が待っていようが明日締め切りが重なっていようが、帰る、なんてことはなかったのだ。「それなのに、帰るんだ……」と友だちは驚いていた。「猫ってすごいんだね……」と。

そのようにタクシーをぶっ飛ばして全速力で家に帰り着いても、私の多々の心配が現実になっていたことなど、一度もなかった。風呂蓋も閉まっていて、南部鉄器鍋も箱におさまっている。それどころか、食べてはいけないものを猫が口にした形跡も、ものが割れていることも、ない。

猫というもの、あるいは、トトという個体について、だんだん、わかってくる。猫はまず、非力である。重いものを動かしたり運んだりはまずしない。それからトトの性質上、割るとか、破く、ちぎる、壊すといった派手な行動はまず、とらない。ものがごたごた置いてある場所を歩くとき、何ひとつ動かさず、踏まず、よけながらそーっと歩くのが、トトなのだ。

器用な猫は、襖《ふすま》やドアや引き戸を開けると聞いたことがあるけれど、トトはそうい

うこともできない。それが開くまで、いつまでもその前で待っている。開けろと要求することもない。ただ、じっと待っている。だから、冷蔵庫を開けたり食器棚を開けたり、できるはずがないのである。

休日、一日家にいると、猫がそんなに活動的ではないということがわかってくる。だいたい、寝ている。好きな場所でいくらでも寝ている。起きたなと思うと、朝食べ残したごはんを食べて水を飲んで、また寝る。起きたなと思うと、窓の外の鳥をじーっと眺めて、また寝る。起きたなと思うと、のびをして、ぼけーっとして、また寝る。

じつはこの睡眠時間について、私はまた心配するのである。こんなに寝て平気なものなのだろうか。人間だったら寝過ぎで頭ががんがんするような、長寝である。寝ているように見えるが、そうではなく、じつはぐったりしているのではないか。ぐったりしているとしたら、病気ではないか。一度そう思うと、もう、そうとしか思えなくなる。だってものの本には、「猫は熟睡しない」と書いてあった。だから名前を呼ぶとしっぽを動かして応《こた》えたり、少しのもの音で目を覚ますと、そこには書かれていた。なのにトトは、呼んでも、外を消防車が通っても、私が本を落としても、ぴくりともしない。しかも！　口からベロをほんの少し出している。ベロを出して寝る犬なら見たことがあるが猫では見たことがない。

またにわかに心配になるが、猫は寝るものだとかつて言われた言葉を反芻《はんすう》し、様子を見ようと心を落ち着ける。そうしてたいてい、夕方以降、トトは起きて、いつもどおり遊びを要求してくる。ぐったりしていたのではなく、ただ、ベロを出して熟睡していただけのようだ。

そんなに心配するようなことはない、と、頭では理解できるようになる。私が仕事場にいっている昼間は、たぶんずっと寝ている。その寝ているのも、ぐっすり眠っているのであって、ぐったりしているのではない。問題ない。心配はいらない。

頭ではわかるが、でも、気を抜くと、私はまた新たな心配ごとを作り上げようとしている。

最近では、高いところからトトが落ちたらどうしよう、というのが私のもっぱらの心配だ。幾度か、トトがベッドやダイニングテーブルで寝返りを打とうとして、そのまま床に落ちたところを見たのがいけなかったのだと思う。あの、前脚で宙《ちゅう》を掻《か》きながら落ちていく、猫に似つかわしくない姿が目に焼きついて、それが家具だったからまだいい、ベランダだったらどうなるのだと考えるたび、心配はふくれあがり恐怖にすらなる。

ベランダに続くガラス戸を開け放つことはなくなった。出かける際も、(トトは戸を開けられないとわかっていながら)戸締まりを何度も確認する。

そうこうしているうち、私自身が高いところがだめになってしまった。もともと高所恐怖症のケはあった。それに拍車がかかってしまった。今では、ベランダの手すりに手をかけ、下を見る、ということができない。ベランダの奥までもこわくていけないのである。二階くらいならまだしも、三階だと、もうこわい。

私はこの先たぶん、どんどん心配性になっていくだろう。愛するものができるということは、こんなにもこわいあれこれが増えるということだし、こんなにも非理性的な想像力が鍛えられることであると、私はふかふかのちいさな生きものに、日々教わっている。

猫の耳の秋風

内田百閒

「クルや。クルや。猫や。お前か。猫か。猫だね。猫だろう。間違いないね。猫ではないか。違うか。狸か。むじなか。まみか。あなぐまか。そんな顔して、何を考えてる。これこれ、お膳の上を見るんじゃないよ。見たってそれは蓴菜《じゅんさい》だ。酢がかかっているよ。こっちは七味とんがらし。猫の食べる物ではない。猫には向かない。向いたってここではやらないからおんなしだが、そもそもお前はたしなみが足りない様だ。その低い貧弱な鼻を動かして、そら、鼻が少しずつ動いてるじゃないか。よくそんなぺちゃんこな鼻が動かせるものだね。小さな穴を片方ずつ、ひろげたりつぼめたりするのか。成《な》る程《ほど》そうすれば穴のまわりが伸縮して、鼻が動いている様な効果を現わす。それによってお前はお膳の上の物に興味があると云う事を示す。それがいかんのだ。お前はお行儀が悪い。ノラはそんな事をしなかった。第一、お膳のそばへは来なかった。お前はノラが帰って来なくなってから、うちの中へ上がり込んで、お前の思った通り勝手に振る舞っている。お前はお前でそれは構わないけれど、ノラが今に帰って来たら、仲よくするんだよ。喧嘩なぞしたら承知しないから。それまではそうやって威張っていなさい。しかしそんな所でお膳の端からいつ迄も蓴菜のお皿を眺めていないで、お銚子のお代りぐらいには起ったらどうだ。もうこっちは空いているんだ。猫の手も借りたいと云うのは今だぜ。クルや」

ニャア

「猫の様な声をするな」

ニャア

「さては矢《や》っ張《ぱ》り猫だな」

ニャア

「猫にしても男のくせにニャアスウ云うのではない」

ニャア

「何だ。何を云ってるのだ。お前の云う事は言語不明晰《ふめいせき》でよく解らん」

秋になってから、家内が病気して入院した。後に残りし猫と私は、よそのおばさんや奥さんやお母ちゃんが入り代りやって来て家の事をしてくれるお蔭で日日の明け暮れを過ごしているが、病院の事は心配だし、身辺は淋しい。入院当日の夜は猫が私の寝床に這入《はい》って来て、一晩じゅうかじりついて離れなかった。幸いに経過が良く、退院の日を待つばかりになってからは、猫を相手に一盞《いっさん》を傾けるお酒の味もよくなった。

「こらクルツ、お前は夕方もっと早く帰って来なければいかん。心配するじゃないか。高歩きをしている内に雨が降り出して、道がわからなくなり、ノラの様に家へ戻れなくなったらどうするのだ。一体お前は毎日出歩いてどこをほっついているのだ。身体に虱菜《しらみな》の実を食っつけて来るところを見ると、番町学校の前の空き地の草原を馳《か》け廻っているのか、あすこにはよく死んだ猫が捨ててあるから、あんな所をうろつくのはよしなさい。こっちの禁客寺のお庭の方から屏《へい》の下をくぐって向うへ行くと、靴屋には権兵衛猫がいるよ。権兵衛はノラとは大の仲好しだったが、お前とは仲が悪い様だね。顔を合わせたらその儘《まま》には済まされない喧嘩相手なのだろう。お前がひどい怪我をして帰って来る時はいつも権兵衛と取っ組み合って、ふんずもぐれつやって来るのだろう。いつぞやお前の口のまわりに何だか黒い物がついていると思ったら猫の毛のかたまりだった。権兵衛は藤猫だから、その毛を食い千切って、むしり取って来たのだ。どっちが強いのか知らないが、喧嘩をするなら負けるな。しかし喧嘩には勝ってもお前が怪我をして帰るのは困る。成《な》る可《べ》くそっちの方へ行かない方がいいよ。わかったかい。わからないのか。わかったのでも、わからないのでもないか。そんな所らしいな。仕様がないいな。こん畜生」

入院中の手伝いに来てくれるおばさんの家にも猫がいるそうで、その話しに、猫に畜生と云うと、何とも云えないいやな顔をしますよと云った。クルツがいやな顔をした様ではないが、こっちの話しは聞いているらしい。片方の耳の喇叭《らっぱ》を少しずつ働かして、人の顔を見ている。内側に毛の生えた喇叭の耳は、今では一匹前に大きくなった。ぴんと撥ねているが、ノラが出て行った後へ間もなく這入り込んで来た当初のクルツの耳は、小さくて貧弱で、親指の一節《ふし》ぐらいしかなかった。箆《へら》で額《ひたい》の上を二タ所ぴっぴっと撥ねた跡が耳になっていると云う感じであった。つまり彼はまだ一匹前に育っていなかったので、大体ノラよりは七八ヶ月後から生まれたのだろうと思われる。

ノラは隣家の縁の下で生まれたのだろう。少し大きくなってから、隣りとの境の屏の上で親猫と日向ぼっこをしたり、じゃれたりしているのをよく見掛けたが、その内に私の家で可愛がり出したのを見届けて、親猫はそれではこの子の事はよろしくお願い申しますと挨拶した様に私共に思わせて、どこかへ行ってしまった。そのノラが去年の三月二十七日に出て行ったきり、こんなに長く帰って来なければ、挨拶を受けた親猫にも申し訳がない様な気がする。

クルツは、クルツと云う名は、ノラの尻尾は封筒ぐらいの長さがあったが、クルツのは、短かく、おまけに小さなお椀の蓋《ふた》の様に円くて平ったい。短かいから独逸語でクルツと名づけた。呼びいい様にクルとも云う。尻尾は長短著しく違うけれど、前から見た毛並みや顔の感じはノラそっくりである。ノラの事を気に掛けてくれているよその人は、クルツがいるのを見て、おやノラちゃんが帰りましたかと云う。私自身がノラ失踪の当初、屏を伝ってこっちへ来るクルツを見て、何度ノラが帰って来たと思ったかわからない。

ノラの素姓は大体わかっているが、その後へ這入って来たクルツは丸でわからない。私の家にこうして落ちつく迄、どこで育ったのか、どう云う家の飼い猫だったのか、見当もつかない。野良猫で育ったのでない事は手許《てもと》に飼って見てすぐわかる。どこかの飼い猫が何かのはずみで自分の家に帰る道を失い、私の所に落ちついてしまったのだろう。そうするとノラもどこかで同じ様な境遇になっているに違いないと、つい又そっちの方を思い出す。

クルツはくたびれたと見えて、お膳のわきで大変大袈裟な伸びをした。それから欠伸《あくび》をした。

「これこれ、クルや。お前、それは即ち失礼と云うものだぜ。こちらはまだお膳の上が峠を越さないのだ。そら、木戸の音がした。そうら、そら、お待ち遠様と云った。全くお待ち遠さまで、大概四五十分、どうかすれば一時間待たされる。お前なぞ待っていられるかい。おばさんがここへ運んで来るのを、お前も行って手伝いなさい。泰然として動こうとしないね。その癖、鼻をひくひくさせ出したじゃないか。いいにおいがするかい。蒲焼だよ、鰻だよ。うまいんだぜ。後で、あっちで、お前の皿で少し戴くか。お行儀をよくすればやってもいいが、猫に蒲焼と云う語呂はあまり聞き馴れない様だな。クルや、蒲焼は高いのだよ。高いからうまいのだ。おさつやいわしも高ければもっとうまいだろう。安いからおろそかにされるのだ。もっと高くなって、高くて食べられない程高くなれば、食べたらきっとうまいだろうと想像する事が出来る。わかったかい。わからないかい。どっちにしてもおんなじ事だね。一体お前はそうやって、伸びをした後もまたじっと坐《すわ》っていて、矢っ張りお膳のおつき合いをしているのか。ここを離れるのが淋しいのか」

手を出して撫《な》でてやろうとすると、頭を少し下げてその手に擦りつける様にする。手の平に当たった片方の耳の端が割れていて、割れた儘になおって毛が生えている。いつぞやの藤猫権兵衛との出合いの時、権兵衛に裂かれた疵痕《きずあと》である。その時の喧嘩ではクルツの方が分《ぶ》がよかった様で、戦場がうちの庭だった所為《せい》もあったのだろう、門の内側のあたりで大変な声がしていると思ったら、お勝手口の前を権兵衛が矢の様に走り抜けた。すぐその後からクルツが追っ掛け、追いついて石炭箱の上で又取っ組み合いを始めたらしい。その声と物音でいつもの通り家内がお勝手から馳け降り、物干しの三叉《さんまた》の棒でクルツの味方をした。

背骨のあたりを叩かれた権兵衛が逃げて行った後、クルツは家内に抱かれて、ふうふう云いながら廊下の自分の座布団の上に帰って来た。全身方方に傷をして血だらけである。家内がリヴァノール液で疵口を洗って消毒し、その後へクロロマイセチン軟膏を塗った。クルツはおとなしく手当を受けて、済んだらそこへ寝たが、今迄にも怪我をして帰った事は何度もあるけれど、今日はその程度が大分ひどいらしく、見ていてもこちらが息苦しくなる程猫の呼吸が早い。ほっておいていいか知らと心配になって来た。特に額《ひたい》の真向《まっこう》の骨に達する傷が気に掛かる。

初夏の夕方の暗くなりかけた時間であったが、獣医に診て貰《もら》う必要があると判断した。心当りを問い合わせ、そう遠くない所にある犬猫診療所へ電話をかけて往診を頼んだ。処置を受ける都合からも、費用の点からも連れて行った方がいいにきまっているが、全身傷だらけの猫を家の外へ連れ出すのは、そんな事に馴れないから今の場合どうしたらいいかわからない。

ところが、ふだん猫のお医者を煩わすなどと云う事は考えた事もないので、丸で事情がわからなかったが、矢っ張り忙しい時は忙しいらしく、当のお医者さんはこれからすぐに出掛けて三鷹へ往診し、そこから鎌倉へ廻らなければならない。お宅へ伺うのは早くて十一時、もっと遅くなるかも知れないと云う事であった。

夜十一時を過ぎてからの猫医の往診は困る。なぜ困るかと云うに、その時間になれば肝心の私がお酒が廻っていて、こちらから頼んで来て貰った人に会う資格なぞなくなっている。又クルツの為に毎晩のその順序を変えたり省略したりしなければならぬ程、事態が切迫しているとも思えない。それでは今晩は一晩様子を見て、明日の工合で更《あらた》めてお願いする事にしましょうと云うのでその晩来診を乞う事は止めた。

　幸いにクルツは一晩で大分らくになったらしく、翌日はもうその必要もないくらい元気になったから、猫のお医者がうちへ来ると云う事件は沙汰止みとなった。

　私の懇意な家が大森にあって、私の主治医がまたそこの主治医でもある。その家には猫がいる。或る日主治医の博士が往診されると、その後から猫の主治医が来て、人間のお医者と猫のお医者が鉢合わせをした。

　人間担当の主治医の博士は大きな診察鞄を提げ、京浜線の混み合う電車の吊《つ》り皮にぶら下がってやって来る。猫担当の主治医は田園調布の辺りの遠い所から、自動車で、看護婦を連れて乗り込んで来る。世は逆さまと成りにけりの感がない事もない。しかしそんな事を気にしても、それは猫の知った事ではない。

　猫は何も知らないかと思う。しかしどうもそうではないらしい節《ふし》もある。知らないのでなく、知った事ではないと云う起ち場で澄ましているのではないか。知る事は知り、しかもその記憶がある程度は持続する例を実際に見た。ついこないだ、手伝いに来ているよそのおばさんと、そこへ来合わせた若い者が、あじの干物を焼いて二人で小昼飯を食べていた。ちゃぶ台の下でクルツが知らん顔をして香箱を造っている。そこへ遅く目をさました私が出て行って、自分で廊下の雨戸を開けたが、いつも勝手を知らぬお手伝いが雨戸の戸袋の始末にへまばかりやっているのを思い出して、御飯中だが一寸《ちよつと》起ってここへ来て、ここの所の壺の工合を見ておきなさいと云った。お膳の前を離れて廊下へ出て来た二人に、ここをこうすれば簡単に開くのだと教えて、それですぐに済んだが、その間にちゃぶ台の脚の所にいた猫が這い出し、だれもいなくなったお膳の上のあじに手を出そうとしかけた所を二人に見つかって、こらと叱《しか》られた。クルツは悉く恐縮してすぐに手を引いたそうだが、おばさんがおなかが空いているのだろうと同情して、別の猫の場所に猫の御飯をこしらえて与えた。猫の御飯もあじである。猫の小あじは薄味に煮てある。クルツは自分だけ別にそれを食べ終り、うまかったと見えて口のへりを舐め舐め今度は私のいる方の部屋に来て、煖炉《だんろ》の前に坐り込んだ。

さっきのちゃぶ台のあじの干物からは大分時間が経っている。その間に自分の御飯も食べさして貰ったから、猫のおなかの工合は干物の焼いたのに手を出そうとした時よりは違っている。又その干物事件も手を出そうとした所を叱られた、未遂に終ったのだから私の方ではもう忘れていた。

煖炉の所でクルツはらくに身体を伸ばそうとしている。一眠りするつもりらしい。「御飯を食べて来たのか、クルや」と云いながら手を伸ばして背中を撫でてやろうとすると、私の手がまだ彼に触れない前に、ただ私の手がそっちへ動いたのを見ただけでクルツはどきんとしたらしく、全身を縮めてぴくんと跳び上がりそうな恰好をした。

余程こわかった様で、そのぎょっとした様子はさっきの干物の一件が彼の記憶にまだありありと残っているのを示す様であった。それを見て、クルは利口だと思った。ノラは利口な猫であったが、クルも劣らず利口である。

「クルや、お前は利口だね。猫と雖《いえど》も利口な方がいいよ。人間には利口でないのがいるんだよ。知ってるかい。知らないかい。どっちでもいいね。利口だと思っていて、利口でないのもいるしね。これ、なぜ人の顔を見る。そんな目をして、人をしげしげと見るものではない。何を考えているのだ。お前の表情は昼でも晩でも、いつ見ても曖昧だ。もっと、はっきりしろ」

ニャア

「ニャアと云ったな。小さな声で。何だ。何だと云うのだ。わからんじゃないか。これクルや、こっちはもう空いたんだよ。おばさんにもう一本つけて貰って来な。心配するな。そろそろもうお仕舞だ。しかしその後が、それから後が長いのだよ。その間が楽しみなのだ。わからんかい。おや、雨が降って来た。雨の音がするだろう。耳を動かしたな。聞こえるだろう。トタン屋根の音だよ。クルや、雨が降ると淋しいね。長い病院にも雨が降って行くだろう。クルや、お前は病院と云うものを知らないね。長い廊下があって、白い著物《きもの》を著た人が歩いているのだよ。行って見るか。連れてってやろうか。しかし途中が駄目だな」

　少し頭を下げて、眠たそうな様子である。

「クルや、お前は今夜は随分おとなしいね。話しを聞いているのか、おつき合いをしているのか。淋しいのか。考えて見ればお前には身寄りと云うものがないね。お父っちゃんやおっかさんはどうしたのだ。いるかいないかわからんのだろう。兄弟もいたのだろう。みんなと別れ別れになって、うちへ這入って来て、人間の中に混じって、人間ばかりをたよりにしている。そう思うと可哀想だね。猫は淋しがり屋だと云うが、それは尤《もっと》もなわけだ。お前は外から帰って来ると、いつだって大袈裟な声をして、ニャアニャアア家の者を呼び立てるじゃないか。門からお勝手口へ廻った時も、庭から廊下の外へ帰って来た時も、ニャアニャアア云うから出て見ると、口を尖んがらかして、あれはわめき立てているのだね、ただ今、帰りました、帰って来たじゃないか、開けてよ早く、と云ってるのだろう。手伝いのよその人が迎えに出ると、軒下の小石の上などに腹ん這いになって、小石にしがみついて、抱かさらない様に意地を張るだろう。我儘《わがまま》が過ぎるし、よその人の親切に対して失礼でもある。こう云う非常な時は少しは遠慮するものだよ。どうだ、わかったか。あれ、あんなに雨の音がし出した。あしたも雨が降っていたら、外へは出られないのだよ。いいかい、クルや、わかったかい」

そう云って平手でぽんぽんと頭を敲《たた》いたら、その拍子に乗った様な動作でごろりと横にころがり、二本の前足を宙《ちゅう》に浮かした中途半端な恰好で、鯒《こち》の頭の裏の様な白い頤《あご》を前に突き出した。いつもする事で、そこを掻《か》けと云っているのがわかっているから、彼が気に入る様に掻いてやった。しかし必ずしも痒いから掻いてくれと云うのではないだろう。人に甘えたい時の姿態、猫の気持を現わす一つの表情だろうと思う。

その儘クルッはちゃぶ台の横の空いた座布団の上に寝ころがって、すっかりくつろいだ顔をしている。

「クルや、お前は猫だから、顔や耳はそれでいいが、足だか手だか知らないけれど、その裏のやわらかそうな豆をこっちに向けると、あんまり猫猫して猫たる事が鼻につく。そっちへ引っ込めて隠しておけ」

二三日前の夜明けの、人間の足首の事を思い出した。入院中の留守の家事を手伝ってくれる女連の外に、私自身の身辺を構ってくれる若い者が幾晩か家に泊まった。私の隣りの部屋に寝ていたが、寝る時は暖か過ぎる程暖かくて、夜中から冷え込んだ晩の夜明け近く、私は目をさまして手洗いに立とうとした。廊下へ出るには彼が寝ている隣室の布団の足もとを通る。私が自分の寝床に起きなおって、そっちの方へ目をやると、彼は夜中に寒くなって、寝ながら掛布団を無闇に上へ引っ張ったと見えて、足の方は掛布団が切れて敷布団が出ている。驚いた事に、その白いシーツの上に足首が一つころがっている。

びっくりして、こわくなって、そっちへ行く気はしないが、なおよく目を据えて見なおした。間違いなく足首で、シーツの上に無気味にころがっている。じっと見つめたが、まだよく目がさめてはいない。有り明けにともしてある電気の光も薄暗い。何かを見違えているのだろう。暫らく眺めて、沓下《くつした》だろうと思った。沓下を穿いたなり寝て、後でもしゃもしゃするから脱いで足許《あしもと》へつくねたのだろう。そうだったのかと思い直してもう一度よく見たら、矢っ張り沓下ではない。間違いなく人間の足首である。

全く気味が悪い。ファウスト伝説に、寝て鼾《いびき》をかいているファウストを起こそうとして手を引っ張ったら、手が根もとから抜けてしまった。足を引っ張ったら足が取れたと云う話がある。ここに寝ている彼が、まさかそんな魔法を使う筈もない。クルツがどこかの縁の下から、くわえて帰ったと云う事もないだろう。クルツは夜は外へ出ない。あっちの座敷で寝ている。しかしそこにころがっているのは足首に違いない。どうにも合点が行かない。見たくないけれど、そこばかり見ている。

起ち上がって、電気を明かるくした。それで私の寝ぼけた目もはっきりした。矢っ張り本物の足であった。ただ、離れてころがっているのでなく、彼につながっていた。彼は沓下を脱いて、ずぼん下は穿いたなりで寝ている。その脚が引っ張り上げた掛布団の裾《すそ》から出ていた。ずぼん下が洗濯屋から帰ったばかりなのか、新らしいのか、真白である。シーツは下ろし立ての新品である。白いシーツの上に白いずぼん下が乗っていて、こちらの目がよくさめない所へ電気がぼんやりしているから、シーツでずぼん下は帳消しになり、沓下を脱いだ裸の足首だけが目に入って、無気味な勘違いをした。

足首の一件はクルの知った事ではない。縁の下からくわえて来たかと押し詰めて考えたわけでもない。悪く思うな。ただその足の裏の豆が気になって、足首を思い出したばかりだ。

「おやおや、寝た儘で、足の先だけで伸びをしたな。器用な真似が出来るものだね。指の間を随分ひろげたじゃないか。もうそろそろおつき合いに飽きて来たと云うのだろう。ところがこちらは、さっきから急にいい心持ちだぜ。猫が退屈して、こちらは廻って来て、食い違いだね、クルや。もう一ぺん起きてお出で。起きて来て、お前も何か食べさして貰え。おばさんのとこへ行って、ニャと云いなさい。くれるよ。お前の好きな物は、常食の小あじの外に、出前の洋食屋が持って来るコロッケのわきづけのヴィンナソーセージ、あの揚げた味がお前は好きなのだね。猫は練り物が好きだと云う、お前もその例に洩れない様だ。しかしソーセージは今晩はないよ。取らないんだもの、ないよ。それから銀紙に包んだ三角なチーズ、あれも好きだね。矢張り練り物だからな。洗濯シャボンを噛《かじ》る様で面白くもないが、猫の好むところへ容喙《ようかい》する事はない。あれはあった筈だ。あっちへ行って貰いなさい。おやおや、起きて来たね。矢張り人の云う事がわかるのかい。しかし、起きた途端に、そら、またその小さな鼻をひくひくさせる。お膳の上をそんなに見てはいかん。あっ、そうか、忘れてたよ。忘れて食べてしまった。お前に蒲焼を少し残してやる筈だった。あぶらでずるずるしているから、つい咽喉《のど》へ辷《すべ》り込んだのだ。御免よ、クルや、チーズで我慢しな」

ノラも大体クルッと同じ様な物が好きだったが、特にいつも取り寄せる握り鮨の中の玉子焼には目がなかった。家で焼く玉子焼と違うところは、魚河岸から買って来る魚のエキスの汁で玉子がといてあるのだそうで、猫の口にも別の味がしたのだろう。

ノラが帰って来なくなってから、ノラがその玉子焼をあんなに喜んでいたのを思い出すのがいやで、鮨屋に何のかかわりもないのに、それ以来鮨を取り寄せるのを止めた。勿論外の店から取る様な事はしなかった。今度家内が退院して帰ったら、それを機会に、またノラがいた時の鮨を取ろうかと思う。但し、玉子焼は抜かせる。そんな事を指図すれば向うでは取り合わせに都合が悪いかも知れないが、先ずそう云う事でもともと贔屓《ひいき》の鮨を再び家へ入れる事にしよう。取らなかった期間は一年八ヶ月である。その間にその店の御主人は他界し、ノラのいる時、家へ届けて来たノラの馴染みの兄さんが今はお店で握っているのだと云う。

クルツもその玉子焼を貰えばよろこぶに違いない。しかしノラがいないのに、それをクルツにやる気にはなれない。ノラが帰って来たら、そうしたら一緒に与えてどちらもよろこばせよう。それ迄は玉子焼はお預けにする。

家内の入院と云う事件の為に、もう一つ区切りをつけた事がある。ノラの失踪後、熊本在住の未知の人から教わった猫が帰って来るおまじないを続けて、毎晩お灸を据えて、その数が五百三十五になったのが入院の前晩である。ノラを待つ気持に変りはないが、それを続けていられない事情が起こったのだから止むを得ない。五百三十五回で一先ず打ち切った。

そんな事をこのクルツはみんな知っているのか、丸で知らないのかわからない。起きなおってもとの通りお膳のそばに坐り、人の顔を見ている。お酒がいい工合に廻ったところで、ついノラの事を思い出したから、困る。目の裏が熱い。

「ねえクルや、困るねえ。よそうねえ。そうら、あんなに雨が降っている。段段ひどくなって来た。雨が降るのも困るねえ。音がするからいけない。クルや、お前か」

膝《ひざ》の上へ抱き上げたら、その儘自分ですわりをよくして落ちついた。辷らない様に片手で支えてやっていると、次第に膝が温かくなり、それを感じた拍子についクルの顔の上へ涙が落ちた。

「クルや、何でもないんだよ。そらもうお酒もお仕舞だ。お仕舞にしようね。それで、そもそもお前は猫である。膝の上なる猫はお前か。お前が猫でクルでお前で、まみでむじなで狸ではなかったか」

優しい雌猫

谷村志穂

猫の舌は、ざらざらしている。見かけは、ちろちろと動く赤くて可愛《かわい》らしい舌だが、その舌で舐《な》められてみると、一瞬「いてっ」と声が出るほどざらついている。ざらついてはいるが、犬のベロのようにぬるぬるはしていない。どちらかというと、乾いたブラシのような感触だ。

猫はきれい好きなので、そのざらざらした舌で、かなりしつこく全身の毛繕いをする。

よく見ると舌の表面にはぶつぶつした突起が並んでいる。猫の毛は柔らかいから、舌がなぞった後には、ブラッシングの後のラインが残る。

右の背中、左の背中、前脚まではなんとかいつもの姿勢でできるが、そのうちにだんだんヨガのようなポーズになって、後ろ脚やお腹《なか》、尻尾の先までやり尽くす。

後ろ脚を頭の上高くにあげてお尻の辺りまで舐めている頃、

「チャイ、こっち向いて」

カメラを持って声をかけると、驚いたようにこちらを見て動きを止める。舌がぺろりとはみ出たままの場合もある。

誇り高い生き物に、間抜けな格好をさせて申し訳ないと思いながら、その頃私はよく、チャイのこの華麗なポーズ写真を撮った。私の部屋で、そこまで緊張を解いて過ごしてくれるようになったのが、心の底からうれしかったのだ。

注意深く見ていると、毛繕いは、決まって眠る前にするようだった。といっても、猫は一日の三分の二は眠っていると言われ、一日中小刻みに寝ては起きてを繰り返すので、始終やっているという印象になる。

さっきまでカーテンを駆け登って遊んでいたのに、食事を終えるとソファに飛び移り毛繕いを始め、やがてヨガのポーズになる。念入りなときには肉球の一つ一つまで口先であぐあぐと噛《か》む。そんなときは眉間に皺を寄せて、必死の形相である。

ようやく身繕いが終了すると、体を丸めて眠り始める。長い尾の先に両前脚を載せ、丸い輪を作り、その中に頭を埋めて眠る。前脚をまくら代わりにしているときもある。

ようやく眠り始めた頃に何かのタイミングで邪魔されると、また一から毛繕いを始める。

邪魔をするのはもちろん私なので、チャイはたぶん頭にきているには違いないのだが、そう怒る様子もない。

寝ている猫が愛らしくて、写真を撮ったり背中を撫《な》でたり。ときには髭《ひげ》を引っ張ってみたり。

自分が原稿を書くのに忙しいときには放ったらかしておくくせに、ちょっと手を休めるときには、相手がどうあれちょっかいを出してしまう。

チャイの方も同じだ。私がゲラと呼ばれる原稿の校正紙を広げ、赤いペンで真剣に手直ししていると、必ずその上に飛び乗ってくる。広げた校正紙の上に体をでれーっと横たえて、ひどいときには赤ペンを持つ私の手の上にまで乗ってくる。

猫が原稿やゲラの上に乗るというのは、どうやらどこのお宅でも繰り広げられる光景らしく、拝読したご著書によると、村松友視さんのお宅のアブサンも、荒木経惟さんのところのチロもやっている。

自分で書いた文章とだけではなく、飼い猫とまで格闘しながら原稿を仕上げるのである。諸先輩方のそんな、なんとも微笑ましい様子を想像するのは楽しいばかりだが、自分がやられると、なかなかの迫力にあっけにとられる。

で、やれやれ、ようやっと終わったから遊ぼうかとおもちゃを持ち出してみると、チャイの方はそろそろ寝る準備に入りましたとなるわけだから、どうにもタイミングが合わないのだ。

猫と人間も、人間の男女も同じ。一緒に暮らしてみたところで、急にペースが合うはずもなく、それぞれが気ままにやっていきたいのである。

私はいろいろな邪魔をしては、寝ているチャイを起こした。

丸まって寝ているチャイの体を抱き起こす。まだ丸まろうとする体が、私の腕にからんでくる。抱いたまま黙って窓の外を見ている。温かいんだな。私の腕の中でこんなにも安心して温かい。

「猫って人間より体温が高いから、一緒にいるとよく眠れるようになりますよ」

いつだったかそう教えてくれた人の話を思い出すのは、そんなときだった。

一人で気ままに生きているふりをしながら、当時の私はいつも体が緊張して眠りが浅く、ほっと安心しているような時間が少なかった。

私は今、安心している。体の緊張がほどけて寛《くつろ》いでいる。ソファにチャイを抱えたまま座るとその場で眠りに落ちていく。

ありがたい温もりだった。

だが、私の方はいろいろな酷いことをした。

眠るのを邪魔したくらいは、きっと猫の寛大さで許してくれたに違いない。恋人が家にやって来るからといって、部屋中にパフュームを吹きかけた日には、相当まいっているようだった。

私はチャイに避妊手術を受けさせた。チャイには断りもせずに動物病院まで連れていった。

はじめての冬が終わり、しだいに温かな陽射しを感じるようになり始めた頃だった。春になったら動物は発情期を迎えるのを知っていた。夜中起きて仕事をしていた私は、春先の猫たちの気が狂ったような声に、よく気持ちをかき乱されてきた。赤ん坊が泣いているように感じられ、外を見回った晩もある。

雌猫のチャイには、避妊手術を受けさせるべきだと信じていた。外に出すわけではないのだから、春になって発情期を迎えてもどうにもしてやれない。

「雌猫が発情すると大変でさ、俺の知ってる奴なんて、そうなるといつも綿棒でつついてやっていたんだ」

そんな話をする人もいた。

私はチャイが母猫になるのを望んでいなかったし、発情して変な声を出すのを想像するのも気持ちがふさいだ。ましてや綿棒だなんて、考えられなかった。

雄猫と出会う可能性だってないのだから手術をするのは当然なのだと、紫色のキャリーバッグに入ってもらって、髭の先生のいる動物病院へ連れていったのだ。

確か一泊二日の行程で行われる手術だったと思う。

迎えにいくと、診察台の上のチャイはお腹の毛をすっかり剃られ、代わりに腹巻きをつけられていた。

私の顔を見上げると、力なくみゃあと掠れた声を出し、抵抗もせずにキャリーバッグに入った。

何をされたかまでは、理解はできていなかったろう。

けれどチャイはなんだか哀しそうで、キャリーバッグを抱えて家に帰る途中、私は急に詫びたくなった。少なくとも、迷いもせずにしてよい仕業ではなかったのだ。

謝っても仕方がないが、部屋に帰ってきたチャイに、とりあえずいつも好んで食べる食事とミルクをやった。

チャイはおいしそうに食べて、その舌で毛繕いを始めた。

腹巻きも毛だと思うのか、何度も毛繕いをして、めくっていった。自分の腹にできた手術の傷跡も、同じように舐めた。放っておくとずっと舐めようとするので、だめだよと言って、腹巻きをかける。

チャイはまた舌でめくっていき、傷跡を舐める。

「だめだって言ってるでしょう」

根比べのようなことをして、諦めたのは私の方だ。

「傷からばい菌が入るかもしれないって先生が言ってたよ」

今頃そんな説明をして、何になる。だったら、手術の前にチャイにきちんと話してやればよかったではないか。だまし討ちはひどい。

後悔にも似たざらざらした思いに包まれて幾人かの友人に話すと、みんないろいろな考えを伝えてくれた。

「仕方ないよ、家猫なんだもの」

「俺なんか、うちの雄猫の手術の後の金玉見せてもらったよ。結構でかいのな」

そんな風に言う人もいたし、一人はこう言った。

「私もね、今になって一度くらいは子どもを産ませてやりたかったなって思うんだ。手術をした猫は、ずっとどこか子どものままでいてくれるっていうけどね」

自分はたぶん子どもは持たないだろう。猫の赤ん坊なんていらないし、チャイと私は二人だけで一緒に仲良くやっていけばいいのだ。私はどこか頑《かたく》なに悔いる気持ちを閉じてしまった。

二週間もすると、腹巻きも外れ、手術の傷跡もほとんど目立たなくなった。剃られたはずの腹部にもふたたび毛が生え始め、チャイは以前と同じように、羽のついた玩具に飛びかかってきて、空中を回った。

眠る場所は、少しずつ移動した。

はじめはベッドの上でもうんと足元の端っこの方だったのが、じりじりと上に上がってきて、やがて顔を並べて眠るようになった。

私が寝しなに本や新聞を読み、欠伸《あくび》や伸びをしてようやく寝つこうとすると、毛繕いを終えたチャイも、両前脚と尻尾で丸い輪を作り、その中に顔を埋めて眠り始める。寝る前にいろいろ考えるべきことがあったはずだが、もういいね、と私は思う。書きかけの文章や、やり忘れたことも、とりあえず放っぽらかしと決める。

ところがある晩だった。なぜなのか、どうしても私はうまく寝つけなかった。毛布をかぶってようやく寝入りかけるのだが、びくっと目が醒めてしまう。翌朝早くに出かける予定があり、寝不足のまま向かってはよくないと気ばかりが急《せ》いた。

そうだ、温かいミルクティでも飲めばいいかもしれないと、起き上がって紅茶を淹《い》れた。お砂糖もたっぷり入れた甘いミルクティを、自分に許した。

これで眠れるかと目を瞑《つむ》るが、やはり眠れない。今度はそうめんを茹《ゆ》でた。空腹なような気もしたからだ。

とにかく三度も四度も眠りかけては起き上がり、寝室からリビングへと移り、灯りをつけたり消したりを繰り返した。

いよいよ腹も満たされ全身に眠気が回り、深い欠伸が出た。

「チャイ、眠ろうか」

ベッドに入り、そう声をかけたのだ。

ずしんという振動があり、仰向けになった私の上に馬乗りになっているチャイのぎらつく目の光を感じた。チャイは、両方の前脚で私の頬を挟んだ。まず右からのパンチ、次は左、右、左、ぱんぱんぱんと、肉球を使っての往復ビンタ攻撃をした。

私は目裏に星がちかちかし、何が起きているのかわからなかった。

決して痛いわけではなかったが、明らかにビンタされた。

これ、なに？

そんなとき、人間の言葉で誰かと分かち合いたいわけだが、話す相手がいない。

けれど、チャイが私に何かを伝えようとしているのはわかった。

「眠ると決めたんなら眠りなさいよ」

とか、

「一体何度毛繕いをさせるつもり？」

とか。

本当のところはわからないがそれは私にはあまりにも劇的な体験だった。翌日仕事で会った編集の人にも、どうしても話さずにはいられなかった。

「ほお、それはつまり、母猫による躾《しつけ》ですね。谷村、猫に躾されるというエッセイ、面白いから書きましょう」

彼は他人事を笑っている。それもよいとして、私がふと気になったのは、その中のたったひと言だった。

「母猫？」

そういえば、エリザベス・M・トーマスの本『猫たちの隠された生活』にも書いてあったのだ。

〈しかし人間が親で猫が子どもという図式は、ものごとの半分しか説明していない。猫の目からすると自分たちのほうが親で、飼い主はその子どもでもあるのだ〉

著者の家の猫が、飼い主である人間の教育を試みる場面が幾度か書かれている。いずれの場合も前脚を丸めて人間を叩くのだが、その際感心なことに、猫は爪を引っ込めたままだったそうだ。

母猫のような猫。それがチャイの持って生まれた資質なのかどうか、私にはわからない。

けれど、避妊手術を受けた頃から、チャイは確かに、母性としか言いようのない独特の感性を発揮するようになった。

そうやって私の躾をしようとしたし、ほどなくチャイは、小さなぬいぐるみを可愛がり始めるのだから。

絵本の販促用に作られた、茶色い子ザルのぬいぐるみ。これがとても気に入り、口にくわえてあちらこちらへ連れ回すようになった。

当初はねずみを獲る狩猟の真似事をしているのかと思っていたが、窓辺へ連れていって毛繕いをしたり、ベッドへ運んで一緒に眠るのだから、狩猟と捉えるには無理があった。

ある頃からは、ついに食事やミルクを載せたトレイにまでぬいぐるみを運び始めたから、食べさせてやっているつもりのようにも見えた。柔らかい《ヽ》し毛に覆われたぬいぐるみは、チャイには子猫のように思えたのかもしれない。だが、生きてはいないのだから、トレイの中に顔を埋めたまま、ぬいぐるみは溺《おぼ》れている。

またある日は、私が外から帰ってきてそっと扉を開くと、チャイが聞いたこともないような甲高い声をあげていた。なんとも言いがたいみゃあみゃあ、ふんにゃあと全身から力を振り絞って発するような声で、何をしているかと見たら、サルのぬいぐるみに何か必死に物事を教えているのだった。

チャイは、やっぱりお母さんになりたかったのだ。見てはいけないものを見てしまったような、チャイの知らない部分の扉を開けてしまったような気がした。

私は三十代になっても子どもなんてほしくなかったし、いまだ自分のことで精一杯だった。新幹線や飛行機で騒ぎ立てる子どもたちに目くじらを立てる心の狭さも持ち合わせていた。

同じ雌同士ながら、チャイは私にはない母性を抱えた存在だと感じるようになったのは、皮肉にもそうして避妊手術を終えた後だった。

その上、チャイはこんなタイミングで雄猫と出会った。

ベランダに、毛艶の美しい雄の黒猫がやって来るようになったのである。

シラカシの樹木も青々と葉を茂らすようになった頃、雄猫は、塀《へい》を飛び越えてその小さなベランダへと忍び入るようになっていた。

網戸の窓に鼻先をくっつけて、部屋の様子をうかがっていた。

いかにもしたたかな顔つきをした、肩に筋肉をみなぎらせた堂々とした猫だった。

チャイはすぐに窓辺へ寄っていき、網戸越しに鼻先を近づけた。警戒するそぶりもなく、体を擦りつけた。

私と目が合っても、黒猫は逃げていくわけでもない。

じゃあまたな、と言っているかのように、塀を越えて、路地の世界へと戻っていく。

チャイが窓辺でいつも待っているようになったので、私はベランダにもそっとドライフードを置いておくようになった。

「チャイ、あの猫はさ、あなたに会いたいわけじゃなくて、ただ食べ物がほしいんだと思うけどね」

そう言って声をかけながら、恋に落ちていく女友達を見守るような心境だった。

すでに避妊の手当てをした猫だと見分けるのか、黒猫は首を伸ばして、私の方にだけ食べ物をねだる。

その頃のチャイは、いつも窓辺で丸い背中をこちらに向けていた。なかなか来てくれない相手に焦がれ、その背中からはため息が聞こえるかのようだった。

一畑薬師《いちはたやくし》

徳大寺有恒

島根県に一畑薬師という寺がある。

ここはむかしから「眼《め》のお薬師さま」と呼ばれ、眼の悪い人の信仰をあつめているところだという。

東京からは、けっこう遠いが、そのことを聞いて、訪ねたくなった。チャオの眼が見えるようになるよう、お薬師さまにお願いしようと思ったのだ。

むろん、お願いして、チャオの眼がすぐ開くと信じたわけではないが、神仏に祈ってみようかと、わたしとしては珍しくそう思ったのだ。

新幹線で広島に出て、そこからローカル線に乗って、時間をかけて行った。ふだんクルマで動くせいか、列車にはこばれて来てみると、意外にもあまり遠いとは感じなかった。

一畑薬師へは、山陰本線出雲市《いずもし》駅から一畑電鉄がとおっている。一畑口駅からがいちばん近いらしいが、汽車の乗り継ぎの都合で、時間がうまく合わない。で、比較的近い駅から、観光がてらタクシーで行くことにした。

タクシーに乗ること約一時間、「さあ、お薬師さまでっせ」と、運チャンにうやうやしく告げられた。見ると、さすが名だたる眼病薬師らしく、霊験《れいげん》あらたかな感じの構えの寺が、目の前に顕《あら》われた。

それにしても、日本の神社仏閣というのは、演出がうまい。神仏の気配がそこかしこに感じられる。一歩境内《けいだい》に足を踏み入れたとたんから、訪問者はその霊気にあてられる。わたしたちは神妙な気分になって、奥へ奥へと進んでいった。境内のいたるところに、いろいろな人の願いが込められたお札が、たくさん下がっている。本殿の前に出た。

わたしと女房は、勇んで、本尊に参詣した。こんなに心をこめて、神仏に願《がん》を懸《か》けたことは、これまでないと思う。わたしは必死で「チャオの眼が見えるようになりますように」と、お願いした。それというのも、チャオは女房が好きだ。わたしはその女房を、チャオに一目見せてやりたい。チャオが、好きでたまらない女房は、どんな女《ひと》かを、その眼で見せてやりたいと思ったのだ。

願懸けを無事終え、ちょっとした脱力感に包まれながら、参道をぶらぶらと歩いた。

茶店のようなところに、「聖水」という旗が立っているのが目にとまった。わたしたちは、充分に祈ったつもりだから、もういいはずだが、そこでお薬師さま特製の聖水なるものを売っていた。この聖水で眼を洗ってやると、なおいいという。

ペットボトルに、ただの水がはいっているものを売っているというのも、なんだかインチキ臭いのだが、わたしたちは藁《わら》をもつかむ状態なので、思わず手が出てしまうというわけだ。神仏にすがるというのは、最後の手段であろうと思うが、それでも、やらないよりはと考えるのだ。

わたしたちは、少し多めにこの聖水を買った。早く帰って、チャオの眼を洗ってやろう。

二、三日の旅で留守のあいだ、チャオはさびしく思っていたのだろう、帰ると大喜びで、しばらく女房のところを離れなかった。もちろん、すぐに一畑薬師の聖水で、チャオの眼を洗ってみた。水が嫌いなチャオは、「ニャー（やだよ）」といって逃げだした。慌《あわて》たわたしは、折角の聖水をたくさん零《こぼ》してしまった。

約一カ月ほどやってみた。ガーゼに聖水をひたしてやさしく拭《ふ》きとってやるのだが、眼は一向によくなる様子はない。しかも、この水には、なにか鉱物が混入しているのか、チャオのめやには、以前よりひどくなってしまったのだ。それで、あきらめざるを得なかった。

当然のことかも知れないが、この聖水でも、チャオの眼はなんの変化もなかった。やっぱり、こっちの思い入れだけか、「これだけやったのだから」という自己満足だけなのかと、少々がっかりした。

わたしは、一畑薬師は、猫の眼には無理なのだろうと思いあきらめたが、人間の眼にはそうでもないらしく、参拝者は絶えない。

この一畑薬師以来、神頼みはしていない。それでも、同じように、眼病に霊験あらたかな社寺があると聞けば、やっぱり行くだろうと思う。

眼はよくならなかったものの、その後もチャオは元気にしている。あいかわらず女房に甘えていて、一緒に寝て、一緒に起きる。

女房が寝るというと、チャオはわたしの顔を見て「お父さんはどうする?」と聞いてくる。しょうがないので「じゃ、お父さんも寝るか」というと、安心して女房のベッドへ行く。

わたしはチャオと一緒に寝ると、午前三時半ごろに目が覚めてしまう。しかたなく居間に行って、テレビを見ている。するとチャオも来る。わたしがうとうとしていると、わたしの足を「ニャッ(ねえ、ねえ)」とたたいて起こす。「おっ、チャオか」と、わたしもつきあって起きる。

たいてい、チャオはお腹《なか》がすいていることが多いので、食事をやる。それを食べると、ふたたび女房の寝ているベッドへもぐりこむ。

朝七時ごろ、女房が起きると、チャオも眠そうな顔をしながら起きてきて、女房のソファのバックレストに乗って眠る。女房とわたしの声が聞こえているあいだは、ずっとそのまま寝ているのだが、聞こえなくなると大変で、「ニャー、ニャー」と大きな声で叫ぶ。わたしか女房が、「どうした」と声をかけると、なんだいたのかとばかり、ふたたび寝る。

しばらく寝ていて、十時ごろごそごそ起きてくる。「やあ、チャオぴん」と声をかけると、照れくさそうに、そのへんを歩きまわる。

チャオが眠っていても、出かけるときは必ず起こして声をかけることにしている。「行ってきますよ」

この声をかけないと、「ニャー、ニャー」と大変だ。だから、よく寝入っていても声をかける。「お父さんとお母さんは、ちょっと出かけますよ」。こうすると、チャオは途中で目を覚ましても、なんともない。

チャオは、人間のことは相当わかっているので、この約束ごとを守らないと、ご機《き》嫌《げん》ななめだ。声をかけないで出かけたときは、帰っても一時間ぐらいは怒っている。

このあいだ、日光へ新車撮影のために出かけたが、家を出るときに、つい声をかけなかった。帰ると、果たせるかな機嫌が悪い。そこでわたしと女房は、いろいろ、チヤオの好きなことをしてかまってやった。ようやく一時間ぐらいあと、いつもの、甘ったれのチャオにもどるというわけだ。

猫缶と夏の涼

野坂昭如

　ヒマラヤン二匹の、キャッツフードについての好みは、はっきりしている。だから、好きな缶詰を求めようと、覚えているつもりなのだが、さて店へ行くと判らない。

　皿に移した内容をはっきりさせるため、その横にカラの缶を置き、すべて食べた缶、半ば残したもの、口をつけない奴と、見きわめてメモし、買いに行く。これはダメだった、商品名、また内容についての表示はメチャクチャに多種多様、結局、空缶を洗って保存、これを持参して求める。ドライ・フードの方が入手手軽だし、栄養も行き届くらしいが、生来、弱かったネージュが、尿道閉塞、つまり尿管結石だろうが起こして、彼にはなるべく缶詰をといわれ、以後、ヒマラヤンの主食はササミ、ナマリ、カニ風味のカマボコ、それに猫缶。ドライ・フードはほんの添《そ》えもの。他に削り節、イリコ、猫用のミルク。少なくとも、ぼくの三食よりもずっと品揃えが豊富。どれでも一ヶ百円というシーチキン、鮪のフレーク、コーンビーフなどで、こっちが腹を満たす、暖かい御飯に、前二者をまぶし、醤油をかけて食うと、実にうまい。残る一つは、スープのダシで、このところO《オー》157があるから、このスープになんでもかんでもぶちこみ、暖めなおして食べる。一方、ヒマラヤンの猫缶は、高いのになると、一ヶ二百円。もっとも御連中、飼い主のふところを考えるのか、安い方が好み。

チャーリーは、鮭とか鰯の丸干しが好物、台所の換気扇がこわれている、焼くのはいいが、濛々《もうもう》と煙がこもってしまう、窓をあければ冷気が失われる、というわけで、このところ彼は好物にありついていない。このてのものを食べるのは僕だから、テーブルにつくとまだ前脚をかばいつつやってきて、のび上がり、お菜を調べる、シチュウとかカレー、これぞ猫飯そのものの、鮪フレークひっかきまわしとか、缶詰の鮭に玉葱《たまねぎ》をそえて、醤油をかけたシロモノだと、なんだかがっかりした感じで、冷蔵庫の把手にとりつき、ぼくをみる。明らかに彼は、この中に俺の食い物が入っていると心得ていて、いたしかたなく扉を開けてやる。犬ほどではないが、臭いを嗅《か》ぎ、あきらめる、まだ若いせいだろう、ヒマラヤンたちがすっかり落ち着いてしまったのに、チャーリーだけは、ぼくの眼《め》でみて、成長なのか、知恵をつけるのか、新発見がある。

外にいて入りたい時、ジジが特別な声で鳴き、応援する。この恩誼《おんぎ》を感じるのか、チャーリーは庭に出て、ジジのかたわらを過ぎる時、一声挨拶。ジジはとにかく行儀の悪い恰好で横になっている。仰向けになり、たいてい後ろの片足を石などの上にのせ、「おいおい、お前は雌犬なんだよ」と、やや性差別的つぶやきをもらしたくなるのだが、チャーリーの挨拶に、彼女は熟睡していても、必ず眼をさまし、そのままの形で、眼だけ動かす。

ジジはシベリアが御先祖の故郷だから、毛が深い。いくら丹念に洗っても、皮膚に近いあたりの細い密生した毛までは届かない。というより、しつこくやっていると、突然走り逃げる。あれじゃ暑いだろうと、気の毒になるが、しかし、自ら涼しい場所を探そうとはしない、カンカン照りの下でひっくりかえり、ほんの一メートル横に樹の影があるのに、あるいは、いくら昼日中だって、陽のささぬ物陰はあるのだが、まるで気にしない。仔犬の頃、いや人間の歳でいって十五、六くらいに思える時分、庭の小さな水溜まりに入って、よく脚を冷やしていた。もっともこれは夏に限ったことじゃなく、寒中にも行なった。

今は、少しは楽になるだろうと、ホースで水をかけてやろうとすれば、逃げるだけじゃなく、怒る。以前、飼っていたブルドッグのオスカルは水浴が好きで、といっても子供用の、ビニールの小さなプールなのだ、水を張ってやると興奮して、わざわざ遠くへ離れ、走ってきてとびこむ。さらにへりを嚙《か》む。当然、破れてしまい、水は流れ出る。どんどんプールがしぼんで、減っていく水を、悲しそうに、といってもブルドッグは大体が、世間を嘆いているような顔付きだが、ついにはペシャンコになったプールにべったり腹這《はらば》いとなって、一夏にずい分彼女用にプールを買った。

チャーリーは、風の道を心得ていて、家の中だと、人間は気がつかないが、いちばん涼しい廊下の曲がり角とか、クーラーの下に身を置く。庭だと植え込みの中や、塀《へい》の上。庭に水を撒くと、水のかからないあたりで、涼気を楽しむ。そして不思議なのだが、水撒きをすれば、ほぼきまって、黒い揚羽蝶がヒラヒラとやってくる。チャーリーが狙う、つかまえることはできない。判りそうなものなのに、とび上がり、前脚で宙をひっかく、着地した時ステンところんだり、この時、ヒマラヤンもそうだが、照れ隠しとでもいえばいいか、突然、毛づくろいをしはじめ、あれは人間の眼を意識しているのか、それともわが不甲斐なさを自ら恥じているのか。死んだココは、テーブルの上に、とび乗りそこねた時、椅子《いす》で爪《つめ》とぎをした、ネージュはぶら下がっているハタキにじゃれていた。

毛の深いヒマラヤンよりも、短毛のチャーリーの方が暑さに弱い印象、自分で選んだ場所の、壁に背をもたせかけ、両後ろ脚を投げ出し、前脚を体の横にダラリとさせて、みるからに、わしゃもうダメだの態、ではと、氷水を与えても飲まない。ジジは水ではなく氷をガリガリ齧《かじ》るのじゃなくて、飲みこんでしまう。鰯風味のアイスキャンディーでもあれば、チャーリーも少しは涼をとれるだろうが、市販のストロベリーや、ミルク味は受けつけない。

ぼくの部屋にはエアーコンディショナーがない。以前は、よく風が入ったのだが、周辺のお宅がすべて建て直し、いずれも背が高くなっていて、今はひたすら茹《ゆ》だるばかり、ぼくは戦争中を考えろ、クーラーつけてなにが戦没者の霊に黙禱《もくとう》だ、などと毒づきながら、原稿を書いている。だから、チャーリーは通過していくだけ、入る時、出て行く時、必ずニャオと一声鳴く。ぼくと眼が合えば、お愛想つかう如く、すり寄って来て、しかし、抱こうとすれば、とっとと去る。あまり好物がないのに、彼は、この夏、一段とたくましくなった。秋のシーズンに備えて、どっかでボディビルでもやってるのだろうか。

魔性の女

森下典子

私は時おり、ミミに振り回されているような気がすることさえあった。

その午後も、ミミは二階にやってきて私の膝《ひざ》に乗った。私はちょうど、出掛けるところだったので、ミミを椅子《いす》の座面に置き、立ち上がりかけた。すると、私のセーターの袖口《そでぐち》が何かに引っかかった。ミミの手だった。

「ミミちゃん、ダメ。今はあんたの相手をしていられないの」

袖口に引っかかったミミの爪《つめ》をそっと外し、部屋を出ようとすると、「ミャ〜ン！」と声がした。「今はだめ」と振り返った瞬間、私は釘《くぎ》づけになった……。

ミミは、椅子の上で、雪のように白いモフモフとしたおなかを見せ、甘えるように、ごろんごろんと身をくねらせていた。その時のミミは、もうあのけなげな母ではなかった。子猫のように快活で、無邪気で、たまらないほど愛らしかった。

私はうろたえた。すると、それがわかるのだろう。面白がって瞳をキラキラ輝かせ、体を激しくクネクネさせる。その魅力に抗《あらが》えなかった……。私は蜘蛛《くも》の巣にからめとられたようになって引き戻され、「ミミちゃ〜ん！」と、おなかをなでまわし、モフモフした白い毛にがばっと顔をうずめて、綿毛のような手ざわりと、蒸しパンに似た匂《にお》いを思いきり嗅《か》いでいた。

それからミミは、私がひとりでいると、台所だろうと廊下だろうと、ごろりと仰向けになって、私を誘うようになった。そういう時、ミミの目はいたずらっぽくキラキラ輝き、その光の中に、必ず引き寄せる自信が見えていた。

「今晩泊めて」

ナオミがやってきたのは、冷たい雨の降る夜ふけだった。私たちは幼なじみで、境遇がどこか似ていた。結婚せず、母親と二人暮らし。

ところが去年、お母さんが急死し、彼女はひとりになってしまった。

その夜、ナオミはかなり飲んでいた。実は、会社が危ない。関連企業の不渡りに巻きこまれて連鎖倒産しそうだという。お母さんの急死から、いろいろなことがあって心労が重なったのだろう。ナオミは痩《や》せて白い顔をしていた。

もう母も寝た後だった。居間の卓袱台《ちゃぶだい》に酔って突っ伏したナオミをひとり残し、私は二階で布団を敷いていた。

　その時のできごとを、ナオミは後で私に告白した。

……突っ伏している彼女の脇《わき》の下に、何か温かいふっくらとしたものが触れたと思うと、くるんと脇をくぐって卓袱台の下にもぐりこんだ……。目を開けると、卓袱台の下から、ミミのまん丸い目が心配するようにのぞきこんでいた。

「不思議な目だったわ。どこまで深いのかわからないのよ。その目を見ていたら、今の私のさびしさも心細さも、この猫が全部わかってくれているような気がしてね。なんだかギューッと抱きしめたくなっちゃった」

　わが家に泊まった翌朝、彼女が洗面所で歯を磨いていると、脚にふわふわと柔らかいものが触れた。ナオミは、そこにいたミミに目を見張った。

　それは、昨夜、卓袱台の下から心配そうに彼女を見つめた、あの優しいおかあさん猫ではなかった。

「いい女だったわぁ〜。若々しくて、スラーッとして、どこか神秘的だったの」

　ミミはキラキラとした瞳でナオミを見つめて、小さな声で甘えるように鳴き、歩いて向こうへ行ってしまうのかと思うと、クルッと肩越しに振り返って、意味ありげに「ヒャ〜ン」と鳴き、また歩いてはクルッと振り返って視線を送ったという。

　覚えがある……。

「それ、二人きりの時じゃない？」

「そうなの」

「ドキドキしたでしょ？」

「した。あれは、完全に私を誘ってた。だって、ミミちゃん、他の人には内緒ねっていう顔をしたもん。あれは魔性の女だわ」

猫の親子

中勘助

　おととしの夏ごろだった、近所の飼い猫らしい親猫が子供をつれてちょいちょいこの庭へ遊びにきた。もと畑の中へ建てた家だそうで、そこらで苗木を買ったり芽ばえをとってきたりしてやたらに植えたのだろう、庭というよりは藪か雑木林にちかいほうで、広くもない地積に柿、つげ、柳、青桐、梅、桃、ひば、もみじ、臘梅《ろうばい》、棕櫚《しゅろ》、さざんか、あじさいなどが雑然と生い繁っている。そのうえまわりを家に囲まれて犬もめったに来ないから猫にとっては恰好な運動場になる。親猫は大きく雉子《きじ》ぶちのはいった珍しく手のこんだ三毛で、顔つきが食肉獣と思えないくらい上品におとなしく、器量がいい。私は　可愛い　可愛い　と大騒ぎをする家の者に　あれは小野の小町だよ　といって笑った。小町は皆がどうかして愛撫しようとしても子供づれのせいもあってか「誘う水あらば」と寄ってこない。彼女は子供に狙い寄られて繁みのなかを逃げ廻ったり、木の枝にかきあがって木登りを教えたり、あっぱれ賢母ぶりを発揮している。蝶鳥のごとくに跳ねあるく彼らの遊びはまことにほほえましく楽しい見ものであった。そのうちこちらに他意のないことがわかったのだろう、秋のある日彼女は私たちのまえでわれもこうにとまった赤蜻蛉をねらいはじめた。じっと身構えて三、四尺もとびあがり、拝むように両手を合せてつかまえようとする。しかしのろまな赤蜻蛉もそうやすやすとはつかまらず、危いところでたちあがってしまう。と、小町は今度こそとってみせましょうか　というようにちらりと私たちに目くばせして——実は警戒心だろう。——何度でも同じ殺生をくりかえす。だが蜻蛉は運よく逃げおおせた。子供につれられてすごすご帰ってゆく小町には気の毒だったけれどお蔭で私たちは彼女のみやびやかな姿と軽快な跳躍ぶりを満喫することができた。

そうこうするうち乳ばなれの時期が近づいたのだろう、時おり子猫が母親のそばを離れてふらりと家へあがってくるようになった。母親のほうでも別に心配して呼ぶという様子もない。彼らはついたり離れたり嬉嬉として睦び合いながらいつとはなしに各々自分の生活をするようになった。

母親があまり立派なためいっしょにいるあいだ子供のほうは一向目につかなかった。が、独りで上ってこられてみるとさすが小町の娘だけあってなかなかの代物《しろもの》だ。母親の複雑なのとちがい大体白いところへぽたりぽたり黒と茶の斑のあるあっさりした三毛で、とても綺麗だ。ただ母親の上臈《じょうろう》らしくおとなしやかなのにひきかえて父親に似たものか底光りのする鋭い目をしている。このほうが現代的に魅力があるともいえようか。瑕《きず》をいえば後足が長すぎるのか妙に腰を高くして振ってあるく。しかしこれも新しい人が見たらかえって「とても素敵」なのかもしれない。ある冬の朝だった。小さな彼女は日あたりのいい茶の間の濡れ縁につぐんでたのだろう、誰かが障子をあけた拍子についとはいってきて茶の間を通りぬけ隣りの居間に寝てる私のところへつかつかとやってきた。その日から「鵜《う》の話」に著手《ちゃくしゅ》して年内には仕上げてしまおうと意気込んでた私は胸から上をのりだして起きるばかりになっていた。ところが彼女は子供らしい無邪気とおかまいなしで私の右腕と胸のあいだへぽっくりとはいり、小さな腭を腕のつけ根へのせてすやすやと眠りはじめた。さあそうなると私にはその腭が千斤の錘《おもり》となって起きあがることができない。余儀なく私はそのままの姿勢で「鵜の話」の構想をすることにした。幸先がよかったのか悪かったのか話は年末ぎりぎりに出来上った。

彼女の朝の訪問は誰が教えたのでも許したのでもなくいつか規則正しい習慣になった。待ちかまえてるのか障子をあけるとたんにすっとはいってくるのを和子は抱きあげて愚痴みたいなことをいいいい濡れ雑巾で足をふいてやる。と、それをいやがって不平らしい声を出す。泥足がひとの迷惑になるとは知らないのだからしかたがない。

さて畳へおろされると彼女は妹たちの膝《ひざ》にのるなり、私の床へはいるなりして私の居間の煖炉《だんろ》の温まるのを待つ。そのとき私が知らずに眠ってると彼女は豆つぶほどの鼻先でちょんと顔をついたり、もざもざと頰ずりをしたりして目をさまさせる。無断闖《ちん》入《にゅう》は彼らの社会の作法にも悖《もと》るとみえる。尤《もっと》も彼らの仲間にはそばへ来られても目をさまさないぼんやりはいないだろうけれども。因《ちなみ》に人間では鼻はむしろ弱いところ、痛みやすいところだけれど、鼻をつき合せて啀《いが》みあい、嚙《か》みあい、ひっ搔《か》きあう彼らの鼻は相当硬く丈夫に出来ている。本当に鼻っぱしが強いのだ。私はなにか言葉をかけながら夜具の襟をあげて入口をこしらえてやる。と、すぐにははいらず用心深く嗅《か》ぎ廻してから一足ぬきにそろそろとはいり込む。毎日のことなのにほとんどその警戒的態度をかえない。全く本能的である。が、結局すっぽり夜具を被って暫く満足の喉を鳴らした後ぬくぬくと眠ってしまう。

部屋が温まると私は起きて顔を洗い、茶の間で食事をし、新聞をよむ。そのあいだに和子は部屋の掃除をする。床をあげられた小猫は煖炉のそばに座を占め、柱によりかかってガチガチと全身をかき、じれったいほどたんねんになめる。殊《こと》に前足をなめては頭や顔など手のとどかないところを撫《な》でまわす様子はとんと化粧に似た感じを与える。それほど身だしなみがよくていながら汚すことは平気だ。何度でも汚して何度でもなめとるらしい。尤も汚れることなぞ気にしていては彼らの屋外の生活は出来ないだろう。焚火の灰のうえにいるかと思えば炭箱のなかにもいる。彼女が膝のうえに、床の中に、煖炉のそばにつぐみにくるので本名を知らぬまま私たちは彼女に「おつぐ」という名をつけた。おつぐは家じゅうのペットになった。妹たちは勤めから帰るとひとしきりおつぐをじゃらして楽しむ。おつぐは紐《ひも》にじゃれ、はたきにじゃれ、胡桃《くるみ》にじゃれ、しまいにはミシン用の小型の丸椅子《まるいす》を独りで転がして遊ぶ。それは大人ばかりでとかく理に落ちがちな——あんまりそうでもないが。——家庭に無邪気な和楽と賑いをもたらした。彼女が遊びあきたり腹がへったりで外へ出たそうな様子をすると障子をあけてやる。と、どこか自分の家へ帰ってゆく。こちらの都合で帰すときには残り惜しげにしょんぼりと。

私は話にきくマタタビを猫がどれほど、どういう風に好むものかを試してみようと思いついた。そしてそれを薬種屋で買わせた。マタタビは粗い粉末になっていた。薬種屋の人が和子に猫も子供のうちはたべないが大人になるとたべる、人間がたべてもいいといった。で、手近のひきだしへ紙袋をいれて待ち構えてるところへおつぐはいつものとおり尻を振りながらはいってきて煖炉のそばへよった。それとばかり用意のマタタビを半分ばかり紙のうえにあけて鼻先においてみたけれど見向きもしない。まだ子供だね　そういって私はマタタビをしまわせた。

毎日見てるので特に目だちはしないもののおつぐはいつとはなしに子供らしさが薄

らぎ、大きく、若わかしく、脂づいて、立派な娘になった。そのうちある日私はどこかの牡猫《おすねこ》がおつぐのあとをつけてるのを見た。そこで彼女がまたなにげなく炉辺へきたときに例のを取出してやってみた。と、今度は早速べろべろなめたあげくひっくり返って包み紙に頸《くび》をこすりつけた。猫にマタタビとはまさにこれ！　子供だ子供だと思ううちに　と私は和子と顔を見合せて笑った。さあそれからは雉子がくる、虎がくる、烏猫がくる、白がくるというあんばいで庭はきれ地の見本を並べたみたいになった。彼らは奇声を発して啀み合うばかりか時どき猛烈な格闘をやる。娘一人に聟《むこ》八人だから無理もない。やや暫くして彼らが退散したのちおつぐの乳首がうす赤くぽっちりとふくらんできた。私は和子にそれを見せて　へんなどら猫の子なんぞつれてこられちゃ困るな　といった。彼女はだんだん重くなる体をして、それでも毎日欠かさず炉辺へきて思いなしか大儀そうに横になった。傍《そば》にはいつも私が机に向って読み書きをしている。その私は全く先方本位で自分の喜びのために愛撫したりからかったりすることがない。障子はしめきりだし、暖かくはあるし、これくらい安全で愉快な休息所はないだろう。その後姿を見せない日が幾日かあって、その次にきた時には彼女はすっきりと身軽になっていた。そしておりおりくるにはくるが残り物でも貰《もら》うとじきに帰ってゆく。子を育ててるのだ。どんな子だろう　と思う。すると日がたってからおつぐが庭で小さな雉猫を遊ばせてるのを見た、ちょうど自分が母親にされたように。

そのうちどうかすると彼女は子供づれであがってきて私の膝一杯に寝そべり、かた手で抱えるようにして乳をのませながら子供の全身を歯で掻いたりなめたりしてやり、自分もすっかり身だしなみをしたあげく海鼠《なまこ》みたいにくっつきあってぐっすり寝込んでしまうようになった。私は和子を顧みて　しょうがないなこりゃ、これもなにかの御縁だよ　と彼らの眠りを妨げないように出来るだけ静に机に向って書きにくい筆を進めるのであった。

仔猫の「トラ」

片山廣子

トラ子は紅絹《もみ》の頸輪《くびわ》をして、庭のいちょうの樹を駈けあがりかけ下りたりしている。トラ子の木のぼりは彼唯一の芸で、私たちをたのしませるために一日に一二度はやって見せる。トラ子というのは今年の六月生れの、ほんとうは雄猫である。はじめ隣家にもらわれて来たが、そこには犬と二匹の仔豚がいて、おさない猫の心にも怖くて落ちつかないらしく、私の家に来ては食事をねだっていた。物をたべさせるとそこに住みつくというから、隣家に義理を立ててほんの少しの物しか食べさせず、来れば庭に追い出すようにしていると、その後来なくなってどこかに拾われたらしく、二週間もたって見た時には、赤い頸輪をして何か忙がしそうに庭を横ぎってゆくところだった。トラ子と呼ぶと、どきんとしたようにあわてて逃げたが、すぐまた思い返して、ここの家にも一飯の義理があると思ったらしく、すぐにお勝手から上って来て、いつもどおりに鳴いて何かねだった。彼は虎毛の黒っぽい顔をしているのに、その時はさも赤面したようにはずかしそうな愛嬌を顔いっぱい見せていた。

隔日ぐらいに来ておひるを食べて庭で遊んで夕がた帰ってゆく。雨のふる朝来たとき、頸輪がひどく汚れていたから、それをはずしてやると、また新しい紅絹の頸輪で次の日に現われた。トラは大事にされているな、真あたらしい紅絹だから、わかい令嬢のいる家だろうと思ってみた。カステラやイモが好きなので、おんな猫のような錯覚を感じて「トラ子」とよび慣れてしまった。きょうもまた何かねだるのだろう。

過去に私はトラ子によく似た仔猫を知っていた。やはり黒の勝った虎毛で尾がまるく長く、金いろの丸い眼《め》をもっていた。猫を愛する夫人が八匹ほど育てていて、その中の一ばん可愛《かわい》いやつだった。夫人はその猫を「ニトラ・マルメ」と名づけた。故人となられた新渡戸博士の家にいたスペイン猫の子供だったから、姓は「ニトラ」眼がまるいから「マルメ」という名であった。夫人は教養たかいアメリカ婦人で、猫たちにも詩的なのや、しゃれた名をつけた。庭に迷いこんで来たキジ猫を「キシロ」といい、赤猫は「アカ」で、白猫は「マシロ」、赤猫の子どもを「コアカ」というように。そのほかに鼈甲《べっこう》のような黒と黄いろのまだらの猫で「ベッコ」というのもいた。夫人が母君のお見舞にアメリカに帰られたついでにペルシヤ猫を買って来られた。「ブリユ・クラウド」つまり「青い雲」という名で、青黒い毛のすばらしい大猫だった。

夫人は、大谷大学の教授鈴木大拙博士の夫人ビアトリス女史で、もう今は世に亡いかたである。私は夫人に厚いお世話になった。アイルランド文学の本がたくさん丸善に来ているから、読んでみては？　とすすめて下さったのも夫人であった。大拙博士もその頃はおわかくて、お茶を一しょに上がりながら、片山さん、また猫が二ひきふえましたよと、猫の噂をなさった。温かい思い出である。その過去からいま「トラ子」が使に来たような気がする。

猫の引越し　ほか二篇

大佛次郎

猫の引越し

家の者に、さいわい変りがなかった。ここで私が家の者と言うのは人類だけでなく、猫のこともふくめてある。実は猫の方が人類より数が多く、私が知らない赤虎の子猫も一匹、迎いに出て来た。

全部で、九匹である。

「案外、すくないな」

と、初対面の子猫を見て、私は苦笑した。

これも捨猫なのである。私の家が猫好きだと知って、どこから来るのか人が猫を捨てに来る。迷惑なことだが、私の妻がひろってしまう。一匹の猫なら可愛《かわい》いが、猫も十匹以上になって昼夜の区別なく家の中を駆けまわるのでは、決して可愛いものでない。

そこで私は大分前に妻や女中たちに申渡した。

「猫が十五匹以上になったら、おれはこの家を猫にゆずって、別居する」

この脅迫は、きき目があって十五匹で人口（？）は制限出来た。猫は私のように原稿を書いて稼がないからである。捨猫が入って来ると、女中が自転車で遠くへ捨てに行く。十五匹の猫は各自の皿を十五並べて食事するのである。

念の為に算《かぞ》えて見たら十六匹いたことがあったので、女房を呼び出した。

「おい、一匹多いぞ。おれは家を出るぞ」と言ったら「それはお客さまです。御飯を食べたら、帰ることになっています」

捨てにやる前に、おなかが空いてては可哀想《かわいそう》だから、と言うのであった。以前に、めしの時間になると台所口に来て坐《すわ》っていて、人の顔を見ると、甘えて、なく猫があった。どこかの家の飼猫らしいが、戦時中の食糧不足の時だったので、門乞《かどご》いに来たのである。

あわれに思って、余裕のある時は何か食わせてやる。すると定期便のように雨の日も休まずにめし時には通って来るようになった。

「通いと住込みか」

と、私は可笑《おか》しかった。

終戦となって、しばらく「通い」が姿を見せないことがあった。

「飼主が、疎開から戻って来たか、台所がゆたかになったのだろう。どこの家の猫だったのか？」

半年ほどすると、ある日、

「通いが引越して来ました。子猫を一匹連れて」

と、台所から知らせて来た。冗談でないと思って見に行くと、台所の外につってある洗いもの台の棚に親子で、ちょこんと坐っていた。二、三日前から、そこにいて帰って行かない、と言うのであった。二匹は内の猫に遠慮したのか、夜も外に寝て、屋内に入って来なかった。いじらしいものである。しかし、そのうちに冬になり、台所のストーブに内の住込みどもが集るようになると、差別待遇をして置くのが気になり、呼び入れて、ストーブにあたらせた。通いは、その時から親子で住込みに昇格した。

お通夜の猫

画家の木村荘八さんがなくなった。お通夜に出かけようとしたら、妻が何か紙包をこしらえて私に渡した。

「なんだ?」

と、尋ねたら、

「猫にお見舞です」

と言う。お通夜の混雑で、木村さんの家の猫が皆に忘れられていよう。海の近い鎌倉から、タタミイワシと、夕方、焼いた鯵《あじ》を差入れようとするのだ。

木村さんの家は、私のところと並んで、飼っている猫の数では、まず日下開山《ひのしたかいさん》の両横綱であった。いつも十四匹より下ったことはなく、顔が合うと、

「お宅は、当時」

と半分言っただけで猫の数のことと話が通じて、

「十四匹ですよ」

「それは、内より一匹多い」

おたがい様、もう六十歳を越しているのだから、たいそう、おとな気ある会話であった。用事で手紙が来ても、木村さんは忘れずに猫のたよりを絵入りで書いて来る。木村さんのところの猫は、歌舞伎役者の名がついていた。歌右衛門《うたえもん》も海老蔵《えびぞう》も福助もいる。ぶち猫が布団にくるまって寝ているのを着色までして描いて、側の註《ちゅう》に「海老蔵が風邪ひきこもり中」と書いて来る。

もと次郎という猫がいたそうで、木村さんがお客を玄関まで送りに行った時、つい

て来て、そばの壁に小水をしようとしたので、木村さんが急に大きな声で、

「次郎！　バカッ！」

と、どなった。

そうしたら屈《かが》んで靴の紐《ひも》を結んでいたお客さんが飛び上ってびっくりして振向いた。気がついて見たら、お客は人間の「次郎」安成二郎で、自分が馬鹿とどなられたのかと信じ、木村さんの頭が急にどうかしたのかと思ったのだそうである。

「いや、安成君に、あやまりましたよ」

と、木村さんは、淡々としてその話をした。

遺骸《いがい》は、まだ棺におさめる前であった。仏前に弔問客が集って坐っていた。見ると、新派の喜多村緑郎夫妻が木村さんの遺愛の猫を夫婦が一匹ずつ抱いて壁の前に坐っていた。もう一匹の猫が入って来て私の側に来たので、抱いてやった。また別の肥った大きい猫が入って来て、人が集っているのを不審そうに見て、間をあるきまわった。

「その子が松緑です」

と、喜多村の奥さんが教えてくれた。

この松緑は、皮膚病を患って背中の毛が禿《は》げていた。藤間勘右衛門の松緑が聞いたら、苦笑して背中をかくことであろう。

「今、何匹、いるでしょう？」

「十四匹ですって」

普通、猫を魔物として遺骸の脇《わき》に近寄らせないのが日本の古い風習だが、この家では人の間を、のそのそと出たり入ったりする。私の通夜も、こんなことに成ろうと他人事でなく眺めた。

お棺におさめた木村さんは、生前より顔も若く色までよく見えた。しかし、口をきかなくなったとは、何とも冷たく静かなもので、別れたさびしさが身に沁《し》みて感じられ、涙をこぼした。

猫の奴は、一向、平気でしたよ。木村さん。そう知らせることが出来たら、木村さんは答えるだろう。

「それで、助かりますね」

猫の風呂番

私の風呂は鴉《からす》の行水のようにいつも早いのだが、出て来て、妻に、

「おはいり」

と言うと、テレビを見ていたのがおどろいた顔を向けて、

「早いんですね」

と言う。

私は説明しない。実は、はだかになって流し場に降りて見たら、猫の一匹が湯ぶねの蓋《ふた》の上に寝ていた。内の風呂は洋風なバスタッブだが、湯がさめないように板をならべ蓋をする。寒くなったので、その上に寝ると、暖かくて猫の居心地がよいのである。

私の内には捨て猫を十五匹も収容してあるが、この一匹の女猫は、どうしたものか他の猫と一緒にならず、いつも離れて、浴室に住んでいる。毛の色が醜いので隠れることは猫にあるまいが、ほかの猫のように所嫌わず、主人の座布団を占領したり、夏冬ともに一番居心地のよい場所をさがして悠々と香箱を作り寝そべっているようなことがなく、食事の時以外は風呂場から外に出て来ずに、棚の上にいたり、脱衣用の竹《たけ》籠《かご》の中に、まるまって寝ている日常である。

「おかしな猫だな」

と私は首を傾《かし》げた。

「どこか、からだでも悪いのか？」

そんなことはない、食欲もあると言うのだから、ひとりで居るのが好きで、人間で言えば隠遁《いんとん》好きの性質に生れたのであろう。

毛色の醜い猫だし、どこか淋しげで、可哀想に思って、夏の間の私の習慣で日に何度か水をあびに行くと、涼しいので蓋の上に寝ているのが、水のとばっちりをあびせられるのを嫌って、はだかの私を見るなり条件反射のように自分からさっさと降りて脱衣場に避難して行くのがいつもであった。いつも風呂場にいるから猫の風呂番のように見え、男猫なら三助と名をつけてやってもいいと思った。ひとりで隠れて暮しているので、まだ名前も貰《もら》ってないようである。

寒くなったので、猫は私の顔を見ても蓋板から逃げて降りない。板を二枚ほど、あけても、少し不安らしく場所を移しただけで、座ったままで私の顔を見ている。湯は熱かったので、水道の栓をひねって水を落した。

毛が濡れるのが嫌いだから、すぐ逃げると思ったのに、動こうとしない。

「おい、どけよ」

と私は言った。それでも動かないから、蓋をあけるわけに行かない。うろたえたら熱い湯の中に落ちないとも限らぬ。こちらが寒くなったので私は小桶《こおけ》で湯をくんで軀《からだ》にあび始めた。湯がはねれば驚いて逃げてくれると思った。

それでも動かないで、まるい目でひとの顔を見ている。

もう一度、かけ合ってみた。

「どけよ。おい」

私は小桶の湯ばかり続けて浴びた。

やがて軀が暖まり、もう湯に入ったのも同じになったから、とうとう猫に負けて、出て来てしまったのだが、あとで考えて、おれもおかしな男だ、猫に遠慮することないのに、と思った。

せっかく居心地よく蓋の上で暖まっているのを、無理に、どけてまで湯に入るのも可哀想と思った。

あとで聞くと、毎夜湯を落したあと、浴槽の鉄板に余熱のあるのに、乾いたタオルを敷いて上から蓋をしてやると、朝まで、そこで、のびのびと軀を伸ばして睡《ねむ》っている由。湯番や三助どころではない。浴室の主、女王さまだ。

それでもネコは出かけてく

ハルノ宵子

おおむね4半世紀、どっぷり猫と付き合ってきた私ですが、いまだにどうしても苦手なことが2つあります。猫に食事制限をすることと、行動制限をすることです。

この2つは、時に絶対に必要なこととは分かっていますが、たいていの場合中途半端で挫折します。療法食しか与えちゃいけないなんてのはもってのほか、血液検査などでの半日の絶食でさえも四苦八苦です。また、避妊手術後のノラをケージに入れて養生させておく場合も、中で騒ぎ出そうものなら、即根負けし傷の治りもそこそこに解放となります。

これはたぶん、私自身の食い意地が張っていて、ふらふら出歩くのが好きなので「食えない、自由が無いじゃー生きてるイミ無いじゃん！」と、勝手に感情移入してしまうからなのでしょう。

もちろん猫は室内飼いが理想ですし、生まれた時から家の中だけが世界のすべてだという猫であれば、別段苦にもならないのでしょうが。

都会の猫は、たいへんな危険にさらされています。猫密度が高いため、伝染病への感染の心配はもちろん、年間数匹は顔見知りの猫の交通事故死を知らされます。実際うちのヒメ子も、1才未満で2度の事故にあっているわけですし、シロミだって（実は踏まれたのではなく）交通事故が原因の障害の可能性もあります。十数年前には、本当に可愛《かわい》がっていた9才のミケ猫を交通事故で亡くし、死ぬほどツライ思いをしたこともあります。

それでも私は、猫が出かけていくのを止められません。

タンという黒猫がいました。女だてらに広範囲の縄張りを持ち、出ていくと1日2日は帰らないこともあり、生涯（軽傷ながら）2度の事故にもあい、ずい分心配させられました。2年半にわたって胃ガンを患いつつも（最後は腎不全でしたが）、タンは死の1週間前まで外へ行き、縄張りを見回り、鳥を捕り、風の匂《にお》いを嗅《か》ぎ、土の上で転げ回り、2年前の桜の散る頃死にました。わずか7年余りの生涯でしたが、存分に生きるとはどういうことかを教えてくれた猫でした。外の世界で、タンは確実に倍以上生きていたのです。

猫が出かけていく時、必ず自分に問いかけます。「もしもの事があった時、本当に後悔はしないのか？」「……しない」

ムチャムチャ悲しみはするけれど、決して後悔はしない。それだけの覚悟をもって、今日も出ていく猫を見送るのです。

よい子はマネしない方がいいかも……かなりアブナイハルノ流猫ごはん

食べ物を制限するのがキライな私、実は我家では、ごはん出しっ放し、いつでも好きなだけ食べられる状態です。

少なくとも、食べ残しをすぐに片付けてしまうのは、酷だと思います。ネコ科は、残しておいて後で食べる習性があるので。それで際限なく食べ続け、デブデブになるか……というと、決してそんなことはありません。ノラ上がりで、最初は（精神的）飢餓感からしょっちゅう食べていた猫も、「いつでも食べられる」と安心すると、段々と自分なりの食欲に落ち着いてくるようです。

しかしこの〝出しっ放し〟も、健康管理のためには、常に個々の猫の食欲をチェックし、把握しておく必要があるので、家にいることの多い仕事だからこそ、できるのかも。決してお勧めはいたしません。

過食など食欲異常の猫は、母猫が完全ノラ、しかもそのコを妊娠中あるいは授乳期中に、自分の食べ物が充分でなかったり、人間や雄猫から隠れてピリピリしながら暮らしていた、あるいは次から次へと妊娠して、落ち着いて子育てされなかったコが、なりがちなように思えます。

でも……必ずいるんです　食欲のコワレたヤツ

かくいうフランシス子の母もとんでもない〝放蕩女〟で、私が業を煮やしてとっ捕まえて避妊するまで、おそらく１００匹近くの仔《こ》を産んだでしょうに、すべて育児放棄。唯一生き残ったのが、カラスにずたずたにされて瀕死だったところを保護した、このフランシス子ただ1匹でした。

外へ行く猫　いかない猫

これが不思議なことに、家生まれ外生まれにかかわらず、まったく個体別のように思えます。家生まれでも、当然のように外に遊びに出る猫もいるし、ノラ生まれでも本当に外に出たがらない猫もいました。ヒメ子も、バリバリの外生まれなのに、さほど外に執着が無いように見えます。最も頻繁に出かけ、遠出をして危険な時期は2、3才がピーク（タンのような例外はともかく）で4、5才頃から徐々に落ち着き、10才を過ぎるとほとんど出なくなるようです。

うずまき猫の行方

群ようこ

飼っていた動物が忽然《こつぜん》と姿を消してしまうのはとても悲しいことである。去年の夏のことだったが、町内のいたるところに一夜にしてすごい枚数の張り紙が出現したことがあった。電信柱、塀《へい》、銭湯やスーパーマーケット、コンビニエンス・ストアの入り口にまで、人が集まると思われる場所全部にその紙は貼られていた。いったいなんだろうとそばに寄ってみると、それは、

「うちのチビちゃんをさがしてください」

という、失踪した猫捜しの紙だった。週刊誌を開いたくらいの大きさの紙には、子供の手による、お腹《なか》の部分に大きなうずまき模様があるチビちゃんの似顔絵が描《か》いてあった。そして絵の下には、

「おなかのところの、うずまきもようがとくちょうです」

と添《そ》え書きがしてあった。連絡先などとともに、

「みつけてくださったかたには、おれいをします！」

と書いてあるところが泣かせる。きっと散歩かなんかにいっているのだろうと思っていたチビちゃんが、いつまでたっても帰ってこないので、飼い主一家が真っ青になって町内に張り紙をしたに違いない。子供が半泣きになりながら一所懸命チビちゃんの似顔絵を描いたのかと思うと、自分には関係ないことながら、

「無事に帰ってくればいいのに」

と何となく気になっていたのだ。

それから一か月のあいだ、この「うずまき猫」のことが、あちらこちらで話題になっていた。顔見知りの毛糸屋さんは、

「うずまき猫の張り紙見た？　あれだけ特徴があればすぐわかりそうなのにね」

といい、魚屋のおばさんは、

「あたしも気をつけてるんだけどねえ。似てるのはよく見るけど、お腹にうずまきがないんだよ」

と悔しそうにいった。なかには、

「ねえ、ねえ、御礼っていったいなんだろうね」

などとうずまき猫の行方を心配するより、何がもらえるかを楽しみにしている不謹

慎な人もいた。人それぞれであったが、とりあえずあの張り紙は町内の人々に「うずまき猫のチビがいなくなった」という事実を知らしめるのには成功したのである。

猫を飼っていると、いつも行方不明の恐怖と背中合わせである。私の家でもトラというメス猫が一日でも帰ってこないと、何かあったんじゃないかと気を揉《も》んだものだ。「大丈夫」と信じながらも「もしや……」という不吉な思いも捨て切れない。寝る気にもなれずに悶々《もんもん》としているところへ、

「フニャー」

と、間抜《まぬ》けた声で鳴きながら帰ってくると、

「ああ、よかった」

と心底ホッとする。しかしそのあとだんだん腹が立って、張り倒したくなってくるのだ。連絡もなく外泊するというふしだらが許せない質《たち》の母親はそのたびに激怒し、トラを目の前にきちんとお座《すわ》りさせて、

「どこをほっつき歩いていたの！　みんなが心配したのよ。そんな子は許しませんよ」

とお説教した。ちゃんと帰ると思って、私たちが御飯《ごはん》を作ってあげているのだから、その苦労を考えろ。それに夜遅くまで、ほっつき歩いていると、猫さらいにさらわれて三味線《しゃみせん》にされちゃうんだからと、トラががっくりするようなことばを並べたてた。

それにトラはじっとうつむいて耐えていたのだ。

「何かいいたいことがあったら、いってみなさい！」

トラは上目遣《うわめづか》いにして小さなかすれ声で、

「ミャー」

と鳴いた。

「まあまあ、トラにはトラの理由があるんだから」

と、私と弟がとりなして、一件落着するのだが、自分でそういったのにもかかわらず、猫がいなくなる理由は、私には当然わからなかったわけである。

それから七、八年たって、トラも歳をとって、寝てばかりいるようになった。それなのにまた姿を消した。母親はそのときは怒らず、

「猫は飼い主に自分の死ぬ姿を見せないから、きっと死ぬ場所を捜しにいったのよ」

といった。二日後にトラは夜中に帰ってきたが、きちんとお座りしたまま、じーっとしていた。私たちが水を飲ませてやりながら、

「トラちゃん、元気でね」

などというのを聞いていたが、十分程《ほど》してすっと立ち上がるとどこかに行ってしまった。それ以来、家には戻ってくることはなかったのだった。

友だちの飼い猫のなかにも、まだ寿命ではないはずなのに行方不明になったまま、

いつまでたっても帰ってこないのがたくさんいる。知り合いの男性は、三日間帰ってこない猫を、

「長介、長介」

と名を呼びながら町内を捜しまわった。それを見て最初は、

「長介だって。変なの」

と笑って見ていた小学生も、しまいには、

「僕たちも捜してあげる」

といって、一緒に公園や野原に行って「長介」と連呼してくれた。しかし長介は八年たった今でも戻っていないのだ。

「いったい猫はどこに行くんでしょうね」

と、ある女性にこの話をしたことがある。すると彼女は、子供の頃にお婆さんから、

「忽然と姿を消した猫は、みんな木曽《きそ》の御岳《おんたけ》に登って修行《しゅぎょう》をしている」

という話を聞いたといった。日常の行《おこな》い、立居振舞《たちいふるま》いに関して「自分は未熟だ」と反省した猫は、悟りをひらくまで御岳を下りないのだそうである。

「だからあなたの家の猫も、お友だちの猫も死んだのじゃないわよ」

と慰《なぐさ》めてくれたのだが、きっと昔の人はかわいがっていた猫がいなくなったとき、そういういい伝えを信じて、ショックに耐えていたのだろうと思う。

うちのトラは未《いま》だに家に帰って来ないから、まだまだ修行に励《はげ》んでいるようだが、例のうずまき猫は修行を終えて、二か月後、帰ってきた。そのとき捜索願いが貼られたところと同じ場所に、

「うちのチビがもどりました。ありがとうございました」

という張り紙が貼られ、町内の人々はまたしばらくの間、「うずまき猫無事帰宅」の話題に花を咲かせたのである。

失猫記

北村太郎

　クロネコが行方不明になったのは一九七五年二月十一日である。その日、彼は吐《は》き気《け》を催していた。首を前につき出して、からだ全体を揺すぶるような空咳《からせき》を何度か繰り返した。わたくしはその場に居合わせなかったのだが、家内は嘔吐の動作に注意し、翌日、獣医Tのところへ連れて行こうと思っていたそうである。あいにく二月十一日は祝日で、獣医は休診であり、あとで考えれば、それがクロの不運であった。夕刻、彼はぷいと外出し、それきりになってしまったのだ。

　彼はわたくしの家では幾つかの呼び名を持っていた。黒白の模様からごく平凡に「クロ」という愛称に始まり、クロボックリ、クロコフスキー、クロコビッチ、果てはT・S・エリオットの詩「猫に名前をつける」から拝借して、コリコパット、クウエイホウなどとも呼ばれた。クロだからK音が付けば何でも相手に通じるだろうと思って呼び名を乱発したわけで、当の猫にしてみれば迷惑であったかも知れない。しかし、単一の名前でなく、多くの名前で呼ばれるのは、その主体がいかに豊かな愛に包まれているかという証左であって、このことは人間界の男女の愛の世界にひき比べて考えれば、容易に理解されるところであろう。

クロが家へ来たのは七三年七月六日であった。当時高校三年であった娘が、学校で拾ったのである。期末試験のベルが鳴る前のざわついた教室に彼は迷いこんできた。娘は彼を教室の外へ出した。テストが終わって表へ出ると、彼はまだそこにいて、娘のあとにのこのこついて来た。彼女は急に可愛《かわい》くなって、タクシーを奮発して家に連れて来たのである。家内は、娘に「どう? 可愛いでしょう」といわれて、「あらいやだ、そんな貧弱な猫!」と舌打ちした。家にはチャコという当時一歳三カ月のめすの飼猫がおり、ほかにレッディという推定五歳の赤とらのおす猫が出入りしていた。この二匹の世話でも容易でないのに、さらに一匹、素性の知れない貧弱な猫を持ちこまれて、家内はだいぶ娘に文句をいったらしい。クロは生後三カ月位で、たしかに貧弱といわれても仕方がないほど痩《や》せており、容貌もきつくて、お世辞にも可愛いとはいえなかった。しかし、ともかく腹をすかせている様子なので、家内はミルクを一合弱、食器に入れて与えた。クロはそれを一気に飲みほすと、娘の寝台によちよち這《は》い上ってひとわたり匂《にお》いをかいだ末、からだを悠々と伸ばして、ぐっすり寝込んでしまった。家内は「まるで三年前から住んでいる飼猫みたいにずうずうしい」と思ったそうである。目がさめたクロは先輩チャコと初めて顔を合わせたが、フーといって、しかけたのは小さなクロの方であった。

クロは順調に育った。チャコはすでに成猫であるが、目方は三・五キロしかない。小猫のとき高い所から落ち、腰を痛めたせいで、せっかく身ごもったのに正常なお産ができず、獣医Tの手で帝王切開を受け、もう二度とこどもを産めないからだになってしまった（手術のとき麻酔をかけたので、おなかにいたあかんぼ猫二匹は死産になってしまった）。クロは一年半も経つと立派なおす猫となり、チャコより遥かに大きく、逞しく成長した。目方は五キロに近かった。毛が全体に長く、稠密《ちゅうみつ》に生えそろい、とくに黒毛のつやがよかった。ゆっくり撫《な》でて撫でがいがあるという感じであった。尾は長く、約三十五センチあった。その黒い太い尾を、ふだんは引きずるようにしているが、時に垂直に上げて悠々と歩くことがあった。よくもあんなに、文字どおり垂直に、ぴんと立てていられるものだと思われた。何かデモンストレーションめいた意味があるのだろうと想像するが、その光景には優雅と威厳が同時に感じられた。座高も四十センチ位になり、この分では、どこまで成長するかと、将来が楽しみであった。わたくしは時折り、「ぼうずぐらいの大きさにならないかなあ」と呟いたが、ぼうずというのは高校二年の息子で、わたくしは畳の部屋にすわってぼそぼそせんべいを噛《か》じっている彼と同じくらいの座高にクロが成長することを夢みていたのであった。そして、その位の大きさになったら「こうやって撫でてやるのさ」といい、空間七、八十センチの高さから斜めに手で撫で下ろす仕草を繰り返してみせた。家人は「まさか、そんなに大きく……」と笑いながらも、わたくしと同じ空想を楽しんでいるふうであった。

クロはからだは大きいくせに、気が弱かった。内弁慶で、チャコが厚いふとんにすやすや寝ているのを見ると、必ずゆっくり近づいてゆき、鼻を相手のからだに付けて嗅《か》ぎまわったあげく、せっかくの安眠を妨げ、とど、力ずくでチャコを追い出すのである。そして寒い時など、長い己れの尾を、近ごろ若い人の間で流行している長いマフラーのように、自分のからだに丸く巻きつけて悠然と眠る。しかし、さかりのついた時以外は、概して外へ出るのを好まなかった。たまに外へ出ても、おどおどと落ち着かず、すぐ家へ入って来るのであった。夏になるとチャコがとかげをくわえて座敷に上がり、それを口から離しては前肢でじゃれる、例の「いたぶり」が始まるので、いかに猫好き一家でも、これには閉口するのだが、クロはそんな弱ったとかげが少し動いてもびっくりして後ろへ飛びのくという臆病者であった。チャコは、横目でじろりとクロを見、また前肢を伸ばして、教えるようにいたぶってみせる。そのうちに、息子に一喝されて、チャコも逃げ、息子はぶつぶついいながら古い割箸《わりばし》で半死半生のとかげをつまんで外へ捨てるというのが、毎夏頻繁に繰り返されるわが家の小事件である。クロが外で弱虫なのは、娘に拾われるまでの数カ月、野外で恐怖の生活を送った幼時の記憶があるせいかと想像される。一方、チャコはわたくしの町の某菓子店で生まれ、数カ月後わたくしの家にもらわれるまで、何不自由なく、蝶よ花よと育てられたのであるから、こわいもの知らず、無残と見えるいたぶりも、実は育ちのよさのあらわれという奇怪な結論になる。

クロは内弁慶だから、家の中では気性が荒かった。猫は一般に勝手ものであり、あまり抱かれるのを好まない。そのくせ、冬近くなって、そろそろ薄寒くなってくると、人の膝《ひざ》に平気ですわりこむ。その徹底したエゴイズムが猫好きにとってたまらない魅力なのであるが、それにしてもクロの我がまま勝手ぶりはひどかった。成長して毛のつやも猫一倍よくなり、ひげの張りぐあいも稀《ま》れにみる立派さ、やあぁ、実にいい猫だ、抱き上げてずっしりした充実感を味わおう、などと思い、両腕にかかえた途端、がぶりと鼻を噛まれたのはわたくしだけに止まらない。一家四人全員が被害者なのである。食事を与えるときの催促もクロがいちばんしつこかった。鰹節をかいたり、生《なま》利《り》の肉を削《そ》いだりして家内が準備しているとき、三匹のうちでいちばん甲高い声で数多く鳴くのは彼であった。二間《ふたま》へだてたわたくしの個室にいても、クロの声のみ高く聞こえ、わたくしは思わず吹出して「仕様のねえやつだ」と独りごちたこと、一再ではなかった。

　クロには顕著な一特性があった。家内は「クロちゃんのおしゃべり」と称していたが、機嫌がいいと、クロは話をするのである。ふとんの上に丸くなっているクロの頭を撫でながら、「いい猫だねえ、いい子だねえ」と人間が猫なで声でいうと、「グッグッグー、グーグググー、グッグッグー」と応答するのだ。わたくしもたくさんの猫を飼ったが、こんな芸当をするやつは初めてであった。いわゆる猫のごろごろ声とは全然ちがう。明らかに発語に近い音声である。こども達もわたくしも面白がって試みたが、機嫌さえよければ、必ず応答した。外出から戻った家内などはクロを撫でながら、たとえば次のような気違いじみた会話をクロと交わしていた。

「昼間はクロちゃん、一人でお留守番してたの？　（グッグッグー）。そう。パパが寝そべってテレビを見ながらお前を蹴《け》っとばしたって？　（グッグッグー、グググー）かわいそうにね。すぐおととあげるからね。（グッグッググー）」。わたくしは、遠からず、クロが人語を解し、かつ人語を発声するのではないかと夢想した。クロは上背も大きくなり、高二の息子と拮抗する座高で、毎晩わたくしたちと同じ食卓に向かう。ある晩、クロはわたくしたちの食べている目刺しに、片方の太い前肢を当てる。息子が「こらっ！」と一喝する。するとクロは不意に人間のことばで答える、深く響く声で――「そのこころは？　そのこころは？　そのこころは？」……

クロは一九七五年二月十一日、わが家を去った。きょうは四月十三日、日曜日である。すでに五十一日をけみした。七年前、飼っていた同名のクロは、わたくしの一家が日吉から現在の家に引越して来た直後に姿を消し、四十二日後に再び現われてわたしたちを狂喜せしめた。猫は一般に謎めいた存在であるが、この時ほど、それを実感したことはない。初代クロはその後、平穏に生き、一九七一年五月二十日正午、平穏に病死した。それにひきかえ二代目クロ、クロコビッチ、クウェイホウ、コリコパットは、どこへ行ったのか。もはや腐肉となり、野ざらしとなって、どこかの草むらの影に朽ちていること、確実と思われる、ひょっとしたら人語を発する危機を察して、いち早く賢明な自殺を遂げたのでもあろうか。彼は、他の二匹に比べて、食物をくう前に、より入念にその匂いをかいでいたほど神経質であったから、二月十一日、建国記念日の日、吐き気を覚えて身を慄わせていたこと自体、不可解ではないか。やはり彼は……

猫と妻

島尾敏雄

猫にも性格があるものかどうか、私にはわからないが、クマはほかの猫とかなりはっきり区別することができた。

もともと私には家の中に猫を飼った経験はなかった。私の両親がそれをきらっていたからだったろうか。しかし結婚して五、六年もたったころ、妻が猫を飼いたいと言いだし、私はかすかなおそれと嫌悪を覚えたが同意した。東京の小岩に家族四人だけで住んでいたころのことだ。どこから来たのかわからないまま居着こうとしていた猫が最初にえらばれ、妻はそれにタマという名まえを与えた。まだ小さかった子どもたちが大喜びをして、抱いたり首にかけたり振りまわしたりしていた様子が、まだ昨日のことのように目に残っている。

日がたつにつれ、いなくなったり、死んだり、殺されたりして、猫は何匹か交替した。その間には私たちも東京から奄美大島に移住した。子どもたちはしだいに成長し、猫ともつれあって遊ぶこともしなくなった。

東京にいたときの妻はなぜか交替するどの猫もタマと呼んだのに、奄美大島に来てからは、ロクとかゴリとか、ピーターなどと個別の名をつけてよんだ。そしてクマは、私が熊本で図書館の司書講習を受けるため二箇月ばかり家を留守にしたときに、家の猫になった。その名前は熊本にちなんでつけたものだ。

ところで結局のところ、猫のめんどうは妻がみたのだが、猫を飼うにしてはそれはどこか、おかしなところがあるように思えた。もっとも私がみじかに猫の飼育を観察したのも、妻の場合のほかにはない。だからほかではどんなふうにして飼うものなのかはわからないいわけだったが。

まず、毎日与える食物が、普通猫に食べさせるもののようには思えなかった。どの猫も好悪を強く示してかたよるようなところが見えた。中でもクマはいっそうそれがひどく、あとでは、上等のかつおぶしをけずったものでなければ、雑魚のけずりぶしなど見向きもしなくなった。といって、ことさらねだるのではなく、与えられるまでは、いつまでも、根気よく日なたにうずくまって待つふうにだ。妻が台所に立つと、すっとそのあとに従い、軽く一声鳴いて、妻のくるぶしに首をこすりつけ、そのときもしほかのものでも与えようものなら、かつおぶしがけずられるまでは、決して食べようとはしなかった。

また妻は、クマがのみを持ってくることをきらい、時々からだじゅうにのみとり粉をまぶしつけたが、いつのまにかまた外からからだいっぱいくっつけてもどった。のみとり粉をふられるのをクマは決して好みはしてなかったのに、妻にされることならどんなことも観念してじっとしているふうに見えた。クマが大病を患ったり、大けがをしたりすると、ふとんにくるみ、流動物をさじで食べさせ、ていねいに薬をつけなどして、看病する親身な妻の情に、まるでほだされでもしたかのようだった。

いつか家中で二、三日留守をしたことがあったが、そのとき以来クマにどことなくすさんだ感じが見えた。そして夜になるとどこに行くのか家をぬけだしては翌朝帰ってくるようになった。悪い皮膚病もうつされてきて、膿汁が出はじめ、だんだんひどくなるので部屋の中に入れてやることができなくなった。クマはがらりと野性を身につけのらの仲間にはいったようであった。でも一日に一度は家にもどってきて、台所の戸口や廊下のガラス戸の外に坐《すわ》り、一声だけ鳴いては妻が気づくのを待った。妻がかつおぶしをけずって与えると、それを食べ、またどこかへすがたを消して行った。

妻が娘の入院につきそい半年ばかりも家を留守にしたとき、そのあいだじゅう、クマはほとんど家に寄りつかなかった。それなのに二人が退院して久しぶりに家にもどり、門口にはいってきたとき、クマは、どこからかいきなりやってきて妻の足もとにまといついたのだ。思わず私は胸がいっぱいになったほどだ。みるかげもなくやつれ果て、とてもクマとも思えない。妻はすぐまにあわせのものを与えたが、かつおぶしでなかったせいか、いっこうに食べようとしないので、いつもの習慣を思いだし、あらためてかつおぶしをけずってやったところ、いかにも身をまかせたふうにして食べたのだった。

それからあと、クマはまた時折思い出したように家にもどってきた。そして相変らず、すぐには家の中にはいろうとせず、またかつおぶしでなければ食べようともしなかった。クマはどこか別のところで裕福な家に飼われるようになったからかとも思ってみたが、その様子は明らかにのらになりはてたことを示していた。そして妻が、その名まえを呼ぶと、クマはどこからともなくあらわれてきて、台所に立っていく妻の足にとんと軽くからだをぶつけ、かつおぶしをけずる間、じっとそばでうずくまって待ち、与えられたそれをおいしそうに食べおわると、またどこかへ行ってしまうことを、しばらくはくりかえしていた。妻はもう一度クマを家の中に入れてやりたがっていたが、でもそれはもうかなわぬことであったようだ。

クマのほかに家のまわりには何匹かののら猫がいたのだが、去年の秋の或る時期を境にして、どういうわけかそれらの猫が急に見えなくなった。そしてそれと符牒を合わすように、クマも家にもどっては来なくなった。それからもう半年もたったのだけれど、クマのすがたは見かけられず、その鳴き声を聞くこともない。

まだクマが時おりは家にもどってきたころのことだが、時たま妻が町の中のどこかとんでもないところでクマを見つけてその名を呼ぶと、精悍な動作でふり向き、いったんは妻を見るのに、なぜかけわしい表情をあらわして逃げ去ってしまうのを常としたという。どうしてもそれはクマにちがいなかったと妻は言うのだが……。

愛撫

梶井基次郎

猫の耳というものはまことに可笑《おか》しなものである。薄べったくて、冷たくて、竹の子の皮のように、表には絨毛《じゆうもう》が生えていて、裏はピカピカしている。硬《かた》いような、柔らかいような、なんともいえない一種特別の物質である。私は子供のときから、猫の耳というと、一度「切符切り」でパチンとやってみたくて堪《たま》らなかった。これは残酷な空想だろうか?

否。全く猫の耳の持っている一種不可思議な示唆《しさ》力によるのである。私は、家へ来たある謹厳な客が膝へあがって来た仔猫《こねこ》の耳を、話をしながら、しきりに抓《つね》っていた光景を忘れることが出来ない。

このような疑惑は思いの外に執念深いものである。「切符切り」でパチンとやるというような児戯に類した空想も、思い切って行為に移さない限り、われわれのアンニユイのなかに、外観上の年齢を遥《はる》かにながく生き延びる。とっくに分別の出来た大人が、今もなお熱心に――厚紙でサンドウィッチのように挟んだうえから一と思いに切ってみたら？――こんなことを考えているのである！　ところが、最近、ふとしたことから、この空想の致命的な誤算が曝露《ばくろ》してしまった。

元来、猫は兎のように耳で吊《つ》り下げられても、そう痛がらない。引張るということに対しては、猫の耳は奇妙な構造を持っている。というのは、一度引張られて破れたような痕跡が、どの猫の耳にもあるのである。その破れた箇所には、また巧妙な補片《つぎ》が当っていて、全くそれは創造説を信じる人にとっても進化論を信じる人にとっても不可思議な、滑稽な耳たるを失わない。そしてその補片が、耳を引張られるときの緩《ゆる》めになるにちがいないのである。そんな訳で耳を引張られることに関しては、猫は至って平気だ。それでは、圧迫に対してはどうかというと、これも指でつまむ位では、いくら強くしても痛がらない。さきほどの客のように抓って見たところで、ごく稀《まれ》にしか悲鳴を発しないのである。こんなところから、猫の耳は不死身のような疑いを受け、ひいては「切符切り」の危険にも曝《さら》されるのであるが、ある日、私は猫と遊んでいる最中に、とうとうその耳を噛《か》んでしまったのである。これが私の発見だったのである。噛まれるや否や、その下らない奴は、直ちに悲鳴をあげた。私の古い空想はその場で壊れてしまった。猫は耳を噛まれるのが一番痛いのである。悲鳴は最も微《かす》かなところからはじまる。だんだん強くするほど、だんだん強く鳴く。Crescendo のうまく出る——なんだか木管楽器のような気がする。

私のながらくの空想は、かくの如くにして消えてしまった。しかしこういうことにはきりがないと見える。この頃、私はまた別なことを空想しはじめている。

それは、猫の爪《つめ》をみんな切ってしまうのである。猫はどうなるだろう？　恐らく彼は死んでしまうのではなかろうか？

いつものように、彼は木登りをしようとする。——出来ない。人の裾《すそ》を目がけて跳びかかる。——異《ちが》う。爪を研《と》ごうとする。——なんにもない。恐らく彼はこんなことを何度もやってみるにちがいない。その度にだんだん今の自分が昔の自分と異うことに気がついてゆく。彼はだんだん自信を失ってゆく。もはや自分がある「高さ」にいるということにさえブルブル慄えずにはいられない。「落下」から常に自分を守ってくれていた爪がもはやないからである。彼はよたよたと歩く別の動物になってしまう。遂にそれさえしなくなる。絶望！　そして絶え間のない恐怖の夢を見ながら、物を食べる元気さえ失せて、遂には——死んでしまう。

爪のない猫！　こんな、頼《たよ》りない、哀れな心持のものがあろうか！　空想を失ってしまった詩人、早発性痴呆《ちほう》に陥った天才にも似ている！

この空想はいつも私を悲しくする。その全き悲しみのために、この結末の妥当であるかどうかということさえ、私にとっては問題ではなくなってしまう。しかし、果して、爪を抜かれた猫はどうなるのだろう。眼《め》を抜かれても、髭《ひげ》を抜かれても猫は生きているにちがいない。しかし、柔らかい蹠《あしのうら》の、鞘のなかに隠された、鉤《かぎ》のように曲った、匕首《あいくち》のように鋭い爪！　これがこの動物の活力であり、智慧であり、精霊であり、一切であることを私は信じて疑わないのである。

ある日私は奇妙な夢を見た。

X――という女の人の私室である。この女の人は平常可愛《かわい》い猫を飼っていて、私が行くと、抱いていた胸から、いつもそいつを放して寄来すのであるが、いつも私はそれに辟易するのである。抱きあげて見ると、その仔猫にはいつも微かな香料の匂《にお》いがしている。

夢のなかの彼女は、鏡の前で化粧していた。私は新聞かなにかを見ながら、ちらちらその方を眺めていたのであるが、アッと驚きの小さな声をあげた。彼女は、なんと！　猫の手で顔へ白粉《おしろい》を塗っているのである。私はゾッとした。しかし、なおよく見ていると、それは一種の化粧道具で、ただそれを猫と同じように使っているんだということがわかった。しかしあまりそれが不思議なので、私はうしろから尋ねずにはいられなかった。

「それなんです？　顔をコスっているもの？」

「これ?」

夫人は微笑とともに振り向いた。そしてそれを私の方へ抛《ほう》って寄来した。取りあげて見ると、やはり猫の手なのである。

「一体、これ、どうしたの?」

訊《き》きながら私は、今日はいつもの仔猫がいないことや、その前足がどうやらその猫のものらしいことを、閃光《せんこう》のように了解した。

「わかっているじゃないの。これはミュルの前足よ」

彼女の答は平然としていた。そしてこの頃外国でこんなのが流行《はや》るというので、ミュルで作って見たのだというのである。あなたが作ったのかと、内心私は彼女の残酷さに舌を巻きながら尋ねて見ると、それは大学の医科の小使が作ってくれたというのである。私は医科の小使というものが、解剖のあとの死体の首を土に埋めて置いて髑髏《どくろ》を作り、学生と秘密の取引をするということを聞いていたので、非常に嫌な気になった。何もそんな奴に頼まなくたっていいじゃないか。そして女というものの、そんなことにかけての、無神経さや残酷さを、今更のように憎み出した。しかしそれが外国で流行っているということについては、自分もなにかそんなことを、婦人雑誌か新聞かで読んでいたような気がした。——

猫の手の化粧道具! 私は猫の前足を引張って来て、いつも独り笑いをしながら、その毛並を撫《な》でてやる。彼が顔を洗う前足の横側には、毛脚の短い絨氈《じゅうたん》のような毛が密生していて、なるほど人間の化粧道具にもなりそうなのである。しかし私にはそれが何の役に立とう？　私はゴロッと仰向に寝転んで、猫を顔の上へあげて来る。二本の前足を掴んで来て、柔らかいその蹠を、一つずつ私の眼蓋《まぶた》にあてがう。快い猫の重量。温かいその蹠。私の疲れた眼球には、しみじみとした、この世のものでない休息が伝わって来る。

仔猫よ！　後生だから、しばらく踏み外さないでいろよ。お前はすぐ爪を立てるのだから。

ねこ

谷崎潤一郎

○

動物中で一番の縹緻《きりよう》好《よ》しは猫族類でしょうね。猫、豹、虎、獅子、みんな美しい。美しいが、どれが一番いいかと云えば猫ですね。第一眼《め》がいい、それから鼻の恰好が素的だ。獅子や虎や豹は、鼻筋が顔面に較べて少し長過ぎます。だから間がのびていていい、きりっとしたところがない。そこへ行くと猫の鼻は理想的です、長からず短からず、ほどよき調和を保って、眼と眼の間から、口もとへスーッとのびる線の美しさは何とも云えない。中でもペルシャ猫のが一等よろしい。あんなにキリッと引緊《ひきしま》ったいい顔をした動物が他にあるでしょうか。

○

あればそれは豹でしょう。豹は猫に最も近いようです。僕は豹を飼いたいと思っています。飼うなら豹ですよ。美しくてしなやかで、お上品で、宮廷楽師のように気取り屋で、そうかと思うと悪魔のように残忍である。好色で美食家で、飼えばきっと面白いにちがいありません。

しかし何といっても面白いのは猫ですね。犬はジャレつく以外に愛の表現を知らない。無技巧で単純です。そこへ行くと猫は頗《すこぶ》る技巧的で表情に複雑味があり、甘えかかるにも舐《な》めたり、頬ずりしたり、時にツンとすねてもみたりして、緩急自在頗る魅惑的です。しかも誰かそばに一人でもいると、素知らぬ顔してすまし返っている。そして愛してくれる対手と二人きりになった時、はじめて一切を忘れて媚びてくる——媚態の限りを尽して甘えかかってくる、と云った風でなかなか面白い。それに夜なんか、机の脇《わき》に静物か何かのように、じいっと落ちついているのを見ると、如何にも静かで、心が自然に和んでくるようです。

○

犬ですか、犬は今四匹しかいません。セパードにグレーハウンドに、エアデルテリヤが二匹、近いうちに広東犬が二匹来ます。犬で思い出すのは泉鏡花君です。先生の犬嫌いは有名なものでしてね。去年僕の宅へ来た時も、門をくぐろうとしないで遥《はる》か向うから「オーイ谷崎君、犬を繋いで下さい、犬を――」と怒鳴ってるんです。かつて同氏が佐藤（春夫）に何かの原稿をお頼みになった時なんかも、「君の宅には犬が座敷に出入りするそうだが、どうか原稿を犬に嘗《な》めさせないでほしい。ペロペロやられてると思うと、気持ちが悪くなって夢にうなされるから」って云って寄越したとか。また或る新聞社の頼みで東京何景かを書くのに、犬が恐ろしくて、新聞社から毎日犬の用心棒を附けて歩いたという挿話もあります。ところが佐藤や志賀さんと来たら全くその反対で、犬と云うと可愛《かわ》ゆくて可愛ゆくてたまらない、泥足のまま座敷へ上げて、キリキリ舞いさせて楽しむといった調子です。が、僕はとてもああまでなれない。猫なら何ですが。妙ですね。

猫先生の弁（抄）

豊島与志雄

猫好きな人は、犬をあまり好かない。犬好きな人は、猫をあまり好かない。多少の例外はあるとしても、だいたいそう言える。猫と犬との性格の違いに由《よ》るのであろうか。

戦争前のことであるが、下谷《したや》花柳地の外れに、梅ケ枝という小料理屋があった。出前を主にした店であったが、確かな品を食べさせてくれるので、ひいき客がだいぶあった。特別の連れがある時は二階に通り、さもない時は階下の土間の卓で飲食するのである。その小料理屋で、犬の先生に私はしばしば出逢った。

犬の先生というのは、美術学校の教授であるが、犬好きなところからそういう渾名《あだな》があり、私の方は猫の先生という渾名である。

「やあ、犬の先生。」

「やあ、猫の先生。」

というようなわけで、酔いが廻ってくると、犬猫の喧嘩だ。

犬の先生――「猫という奴は、どだい、利己主義者で、忘恩の徒で、話にならん。何か物がほしい時には、にゃあにゃあじゃれついて、媚びへつらうが、用が無くなれば、知らん顔をして、そっぽ向いて、呼んでも返事をしない。あんな得手勝手な奴はありません。」

猫の先生――「そこが、猫の自主的精神というものですよ。犬はなんですか。徹頭徹尾、奴隷根性だ。気が向こうと向くまいと、用があろうと無かろうと、いつでも主人に尻尾を振って御機嫌を取ろうとする。本能的に、骨の髄まで、奴隷根性がしみこんでいる。いや、奴隷根性を除いては、犬自体の存在はない。犬は忠実だと言われるけれど、奴隷の忠実なんかに、いったい何の意味がありますか。愚劣と無自覚の標本にすぎない。」

犬の先生――「いや、犬はちゃんと自分の地位を知っています。智慧もあります。自分の職分を心得ています。自分の小屋の伏床に寝《い》ね、時としては困苦欠乏にも耐え、盗賊などの外敵を防ぎ、人間の散歩のお供もする。猫にこそ、何の自覚もありません。鼠を捕るのはただ本能に由るだけで、それ以外、いったい猫に何の職分がありますか。」

猫の先生――「そんなことは、人間の功利心が言わせる言葉です。凡《およ》そ家畜動物の中で、猫ぐらい人間に近い生活をしているものがありますか。人間と同じ家屋の中に住み、同じ食物を食べ、同じ布団の中に眠り、而《しか》も跣足《はだし》で屋内屋外を闊歩するなんか、人間以上だ。それというのも、猫は最も清潔な動物だからです。犬の臭気、水浴をしても温浴をしても決して取れない臭気、あの体臭はもう犬にとって致命的です。猫には、体臭というほどのものは殆《ほと》んどない。その上、隙さえあれば、体の汚れを嘗《な》め清める。更に感心なことには、体を嘗めているとどうしても脱毛を呑み込むし、それが胃袋にたまるので、時々、笹の葉やそれに類する草の葉をわざと食い、それで食道や胃袋をくすぐって、毛を吐き出してしまう。これは人間にも出来ない芸当だ。毒物に対しても極めて敏感で、誤って呑み込んでもたいてい自分で吐き出してしまう。このような点でも、犬の方がずっと野蛮ですよ。」

犬の先生――「それは、猫の方が本能的に敏感だということに過ぎないし、人間の住宅に侵入してきたのも、単に性質がずるいということに過ぎない。飼養動物としては、猫の方は野性的だが、犬の方は人間の生活によく順応してつまり、進化の度が高いと言えるでしょう。」

猫の先生――「猫は本来立派だから、進化の必要がなかったのです。第一、犬は全色盲ですよ。全色盲ということは、つまり灰色の世界に生きていることで、情けないじゃありませんか。」

犬の先生――「え、犬が色盲ですって……。」

ここで、美術学校教授の犬の先生は、止めを刺された形である。もっとも、犬が色盲だということは確かでなく、書物で読んだか人に聞いたか夢に見たか、猫の先生にもあやふやで、いい加減に言い出したに過ぎなかった。

この両先生の論争は、実は数回に亘り、もっともっと微細を極めたものであって、店の料理と一緒に酒の佳肴《かこう》に供されたのである。それを茲《ここ》に要約するに当って、猫の先生たる私は、いくらか猫にひいきしたかも知れないが、然し、後になって、犬の先生が猫を飼ったということを聞いたのは愉快だった。その小料理屋は戦災に焼けてしまったし、犬の先生の消息も途切れた。だが私は、未だ嘗《かつ》て犬を飼ったことはない。

その代り、猫のために不思議な経験をしたことがある。

私の家には、廊下の奥の扉の下部に、猫の自由な出入口がある。約四寸四角ぐらいな穴で、そこに板戸をぶらりとおろし、内からでも外からでも突き開けられるようになっている。内部は廊下であり、外部には古い石像の踏み台がある。猫は利口で、そこを数回出入りさせると、あとは独りで自由に通行するようになる。

もともとこの家は、貧乏な私に不時の以外な収入があり、それをふしだらに浪費していたところ、ロザリヨと称するグループの友人たちが、よってたかって家屋建築費だけを強奪し、そして出来上ったものなのである。設計などすべて友人たちに任せたが、ただ二つ私は註文を出した。一つは書斎の片隅の三畳の畳敷きで、一つは前述の猫の出入口だ。ロザリヨの辰野隆君や故人久能木慎治君などは、猫と言ったってどんなネコのことやら、とからかったが、もとより約四寸四角だから女性などははいれない。

ところが、或る深夜、異様な物音がした。私の家の猫はだいたい喧嘩に弱く、よその猫から追っかけられて逃げ帰ることが多いが、その夜はちと気配が違う。家の中にまで怪しい唸《うな》り声がする。私はまだ起きていたので、そっと立って行き、猫の出入口を他物で塞いだ。家の可愛《かわい》い猫をいじめる怪しからん奴、少し痛めつけてやれというつもりだ。子供たちや女中まで起き上って来た。玄関の方に唸り声がする。箒や棒切れなど持ち出して、応援に行って見ると、相手は猫でなく、イタチだった。イタチならば、思いきって痛めつけてやれというので、その深夜、家の中でイタチ狩りが初まった。だが、こちらが怪我してはつまらないし、先方は自由自在に飛び廻る。室や廊下を右往左往したが、遂にイタチも疲れてか、玄関の物置棚の上にうずくまった。それを箒で殴りつけようとしたとたん、私たちは殆んど息がつまった。強烈な臭気、眼《め》もあけられず顔も向けられない臭気だ。もうこちらの負けで、猫の出入口を開けてやるばかりでなく、玄関の扉を開いて空気の流通をはからねばならなかった。

イタチの最後っ屁ということは聞いていたが、これをまともに嗅《か》がされたには驚いた。

猫は今でも、その出入口から通行している。よその猫も時折はいって来る。私の家の白猫はじっさい喧嘩に弱い。

私はいろいろな猫を飼ってみた。私の生れは寅歳で、寅歳生れの人の家には猫は育ちにくいとの巷説《こうせつ》があるが、それは嘘だ。私の家には、トラ猫もいたし、ブチ猫もいたし、黒猫もいたが、今では、異色の差毛《さしげ》が一本もない純白ものばかりを飼うことにしている。いくら猫は清潔ずきだとしても、やはり泥や煤に汚れることがあるし、白猫が最もきれいである。その代り、かかりつけの野口猫医師の説によれば、白猫はどうも体力が弱いそうである。

白猫が今、私の家には三匹いる。日本種ばかりである。嘗てアンゴラ種の猫を飼ったことがあるが、アンゴラだのペルシャだの長毛のものは、空気の湿度の高い日本では聊《いささ》か無理だ。短毛のシャムはよろしかろうが、純白はあまり見当らない。大佛次郎君からシャム猫の子を貰《もら》うつもりだったが、純白でないから止めた。さし当り、純白の日本猫、そして尻尾のすんなり長いもの、ときめている。金目銀目は実はあまり珍重したものでなく、水色に青く澄んだ眼が望ましい。

（中略）

昼間、猫たちは、炬燵の上に寝そべったり、日向にまどろんだりしている。雨の日には、縁側の硝子戸《ガラスど》を細めに開けておいてやると、そこに行儀よくうずくまって、外を見ている。雨だれを眺めているのだろうか、その音に聞き入っているのだろうか。いつまでも、倦きずにじっとしている。そんな時、彼等はいったい何を考えているのであろうか。

古代エジプトでは猫は神獣だった。近世まで猫は一種の神通力を持ってる魔物だった。ただの飼養動物になってしまった現代の猫にも、私は特別な愛情を持つのである。

猫の睡眠と小供

石田孫太郎

猫はよく寝る動物である。別《わけ》て食欲本能に満足を与えてある猫は、ほとんど寝てばかりいるものである。猫の睡眠時間は幾何《いくばく》であるか、これについては正確に言うことは出来ぬけれども、我輩の猫によって観察するに、少なくとも十時間に及び、長い時は十五時間にも達するものである。そして小猫は熟眠するけれども、成人したる猫が眠るのは極めて浅くかつ断続的なもので、熟眠して起きると言うのでなく、時々眠って極めて浅く眠るのである。

そこで我輩はいかなる程度に眠っているかを調べたいと思い、平太郎が極めてよく眠っていると見えた時に、四間を隔てて低き声にて舌打ちをしてみたのに、彼は耳を聳《そばだ》てた、三間の時には眼《め》を開き、五間の時にはほとんどその声が聞えなかった。それから今度は彼らが熟眠中にも臭官はよく働いているか否かを調べると、二間隔たったところでは我輩の持てる魚類について何の感じもなく、一間でもまた何のことも無かったが、半間のところに静かに持って行くと鼻を動かしつつすぐに起き出した。これを以てみると猫の臭官は眠中といえども十分働いているので、またその眠りも非常に浅いものであることが判る。

さてこの浅き眠りをなすは何故《なにゆえ》であるか。無論これは敵の防御に備えんとするので、断《た》えず眠らんとするは夜間になって、十分目が覚めているようにする用意であろう。既に猫の眠りは前述の如くに浅いものであるから、ぜひとも長時間眠らねばならぬ。これは猫に限ったことはなく、犬でも同じことで、或る学者の如きは空腹と睡眠不足といずれが害をなすかを犬について調べてみたが、果して空腹よりも睡眠不足の方が害をなしたと言っている。今少しく詳しく言えば三日間空腹ならしめた時にはただ疲労するのみで、それも遂には恢復したが、三日間少しも睡眠せしめなかった時には、遂にたおれて終《しま》ったということである。

猫については我輩かような試験をしてみないから、果して犬と同一であるか否かを断言することは出来ないが、やはり眠りの浅い、かつ極めて断続的なものであるところからみて、必ず同じものであろうと思われる。何に致せ猫には睡眠と言うことが、ほとんど食物と同様に必要なもので、これ無ければ到底生存することの出来ぬものらしい。我輩においても無論睡眠は絶対的に必要で、ただ一夜眠らないでも気持の悪いるものであるが、猫にあってはほとんど恢復すべからざる運命に陥るものと想像されるのである。そしてこの想像は決して架空のものではない。

昔から猫は小供が嫌いであるといい、また小供のある家では猫が育たぬというによっても、また我輩の実験によってもかように思われるのである。由来小供は頑是《がんぜ》のないもので、猫が生命のために眠っている時にも、突然これを懐《だ》き上げて目を覚させる、否《いな》眠っている時には懐き上げやすいからして、なおさら頻繁に抱くのである。この時における猫の不快はいかほどであろう。我輩が昼寝をしている時にも不意に起されれば、随分腹も立ちかつ不快を感ずるものであるが、猫の如き絶対的に必要なる睡眠を妨害された時には、不快極点に達することと信ぜられる。猫は小供を嫌うというのはおそらくこの故《ゆえ》なので、かくの如き睡眠の妨害、食物よりも大切な睡眠の妨害のために猫は段々瘦《や》せて来るのである。小供の有る家では猫が育たぬというのは全くこの故であろう。なるほど見れば小供のたくさんいる家の猫は大抵は瘦せている。福々しい猫は小供のたくさんいる家にははなはだ少ないものである。猫は小供に愛せらるれば愛せらるるほどいよいよ瘦せて、遂に骨と皮ばかりになるのである。

しかれども猫は小供を嫌うものではない、かえって小供と遊ぶことを喜ぶものである。殊《こと》に発育盛りの小猫の如きは小供とともに嬉戯《きぎ》するを好むものであってみれば、決して猫は小供を嫌うものとは言えないのである。しかるに小供の多くある家では猫が育たないのは、小供らが小猫を愛するのあまり負うたり抱いたりして、その必要なる睡眠を妨げるからのことである。見よ小供のおらぬ家に飼わるる猫は福々しく育っているではないか、また小供がいてもその小猫をあまりにいじらぬ家の猫は丸々と育っているではないか。実にこの猫の睡眠を妨害するところの小供は彼らの発育上大なる害敵と言わねばならぬ。されば小供が幾人あろうとも、もし絶対的に必要なる睡眠さえ妨げなければ、猫は小供とともによく育つに違いない。

小供と猫の睡眠との関係は右の次第であるが、しからば睡眠さえ妨げなければ小供が多くあっても差し支えはないかというに、これは無条件にて応ずることは出来ない。何となれば小供は猫を抱きたがるもので、このまた抱くということが生理上最もよろしくない。猫は小供とともに嬉戯するを喜ぶけれども、抱かれるのは実に嫌いである。それも成人《おとな》が抱くならば猫に苦痛を与えぬようにするけれども、小供にはその理解が無い。よしやあってもかくなすことが出来ないのである。そしてその抱かるるところの中《うち》にも腹を持たれるのは一番悪いようで、下痢も起せばしたがって痩せもする。即ち小供のある家では、猫は睡眠を妨害されかつ腹部を揉《も》まるるために生理上の障害を来《きた》し、遂に痩せ衰えるのである。昔から犬は小供を友とし猫は小供を敵とするというのはこの故であろう。されば小供のたくさんある家にて猫を立派に育てようとするには、まず小供に小猫を抱くことを禁じかつ寝ている猫を起すことを止めなければならぬ。

猫の見る夢

吉行理恵

先日の朝日新聞朝刊に、「ネコもユメを見ます」というタイトルの記事があった。睡眠の研究で世界的に知られるフランスのクロード・ベルナール大のミシェル・ジュベ教授は十五年にわたって調べた結果、「ネコに夢見行動のあることが、実験的にほぼ確かめられた」と発表したそうだ。

五年前に死んだ雲は、捨て猫だったが、きれいなチャコールグレーの猫だった。一目みて、雲という名前がふさわしいと思った。

ドビュッシイのピアノ曲をかけると、雲はステレオの前に坐《すわ》り、目を細め、耳を傾けていたが、そのうち眠ってしまった……。横向きにゆったりと寝そべっている姿を見て、「雲は夢の中で、白い雲に変身して青空に浮かんでいるのでしょうか」と随筆に書いた。

雲の長所をあげればきりがない。周囲のことを気にせずふるまうので好きになった。威厳があって、ゆったりしていた。ゴロゴロと咽喉《のど》を鳴らすとき、波の音を思い出した。ふわふわとした足どりで歩き、眠っていないときでも夢をみているような無邪気な表情をしていた。猫のそういうところを毛嫌いする人と向かい合っていると、息苦しくなってしまう。

暗闇でキラッと輝く猫の目は星に匹敵し、高い所から見つめているときは月のようだ。猫の目を見ていると、猫の見る夢はさぞきれいだろうと思う。微妙な色彩で描く画家でさえ描けない色がついているかもしれない、と空想してしまう。

猫は私の夢の中に出てきて、人間の言葉で話すことがある。猫の夢に人が現われるとき、人も猫語で話すのだろうか……。

鳥や魚も夢を見るのだろうか……。犬もまた夢を見るだろう……飼い犬はしばられた生活をしているから、自由に広い野を走ったり、波を浴びてはしゃいだりするだろうか――。

現在私は、雲のきょうだいで、モグという名前の十三歳半の猫と暮している。高齢のモグはほとんど一日中眠っているので、ベッドを提供し、私はじゅうたんの上に布団を敷いて寝る。二年前までモグはたびたびうなされた。その後大病をした。今はだいぶ丈夫になってすやすやと眠るようになった。以前はこわい夢ばかりみていたのだろうか……。

雨の日、何時間も悲しそうな犬の鳴き声が聞こえていた。犬はつながれたまま雨に濡れているのだろう。飼い主は留守なのだろうか、と私は悩んだ。

その日、モグは風邪気味で、柔らかい布団に潜って寝ていた。犬の悲鳴が耳にびんびんと響いてきたとき、ちらっとモグの方を見ると、布団の中で寝苦しそうにもそもそ動いていた。猫には犬の言葉はどの程度判るのだろうか。

あの犬は楽しい夢をみることがあるのだろうか……。

野良猫は熟睡出来るのだろうか。浅い眠りのなかでみる夢は、いい夢であるはずがないから、夢をみてますます熟睡出来なくなるだろう……。私はいつまでも続く悲しそうな犬の声を聞きながら、そんな思いをめぐらせた。

犬のことはよく分らないが、近所のさっぱりした服装の婦人がつれて歩く、小さくて可愛《かわい》い犬と、警察犬が同じような夢をみるとは考えられない。

私は何匹も猫を飼った。気性の激しい猫、不良っぽい猫、おとなしい猫、よく鳴く猫、無口な猫等々。しかし、猫は種類はちがってもそれほど差がないような気がする。

私は子供のころから猫好きだった。小学生のとき、作文や絵に猫を登場させた。猫日記もつけていた。物を書くようになってからは猫は恰好の素材になり、この何年かは猫のことばかり書いていた。雲の死後、とうとう一人称を猫にして小説を書いて、いろいろな夢をみさせたりしているうちに、猫が夢を見るということは、あたりまえのことのようになっていた。

もし、ミシェル・ジュベ教授が、「ネコはユメを見ません」と発表していたとしたら、もう猫のことがよく分るなんて言っていられないだろう。あらためて私は「よかった」と胸の中で呟き、教授に感謝したい気持になった。

一匹の猫が二匹になった話

野上弥生子

近ごろ私の家に生じた一つの出来事は、鷗外さんの訳で古く読んだ覚えのあるドイツの作家の、犬と猫との違いだけで同じ題名のついた短篇を思いださせている。

敢えて別な題をつけようとしないのはその為である。

ことは一昨年までいた黒猫の失踪にはじまる。その黒猫は、福岡から夏休に帰った若夫婦がつれて来て、そのまま置土産になったもので、当時ほんの掌にのる程《ほど》だった小猫は、成長するに従って雄猫らしく逞しい黒猫になり、代代の飼猫と同じくみいいみいいやと呼ばれて可愛《かわい》がられていたが、二年目の冬から早春にかけて恋猫になってぶらつくあいだに、どこかへ行ってしまって帰らなかった。

親は野良猫だとのこと故《ゆえ》、あれほど可愛がられても、浮浪性を遺伝的にもっていたのであろうと思われた。こんな場合、昔だと猫捕にとられて三味線《しゃみせん》の皮になるのを心配するのであるがその時の私たちは別なことを気遣っていた。まだ配給ではなかったが、容易に買えなくなった肉類には、猫や犬の肉が混っているとの噂がたっていたからであった。

珍らしく手に入れた鶏肉ですき焼などをしながら、みいを食べているのではないか知ら、と冗談と心配がいっしょに口を出る始末であったが、そのうち懇意なパン屋から雌の小猫を貰《もら》ったので、いなくなった猫はいつとなく忘られて行った。

今度のは白猫で、額《ひたい》の一部とそれだけ借り物のような長っ細い尻《し》っぽで三毛になっており、眼《め》が吊るしあがり、顎《あご》がとんがって、どこか狐じみた顔つきであった。

いなくなった方は腹に白い縞が縦についているほかは、まっ黒な烏猫であったが、艶やかな毛並で、黄燐いろの眼がらんらんとして、人間なら美丈夫といった趣で、その上、やらなければ肉にも肴にも決して手を出さないほどお行儀がよかった。

それから思うと、新らしい白猫は不器量なばかりでなく、乱暴で、下品で、食卓に飛びあがって皿のものを盗んだりするので、そんな時にはもとのみいがいかに悧巧な、躾《しつ》けのよい猫であったかを話しあうのであった。しかし、私たちは彼にもう一度めぐり逢う時があろうとは夢にも考えなかった。

ところが秋も半ばを過ぐる頃、同じような黒猫を時時家の周りに見かけるようになった。

失くなったみいの運命にたいしては最悪な想像をしていたので、彼が帰って来たのだとははじめは思えなかったが、幅びろい銹《さび》のある啼声は、おやと思うほどであった。

私たちはなおも類似を発見しようとしたが、やって来るのは極まって夕方で、それも台所の近くをうろついたり、物置の屋根で啼いたりするだけで、みいや、みいや、と、昔通りに呼びかけても、そばには寄らず、食べものをおいて釣りよせようとしても誘われず、ただ覚えのある声で、にゃご、にゃご啼くのみで、私たちを見ると素早く逃げだすので、うす汚く痩《や》せていることと、もとのみいの艶々した毛並に比べれば、ずっと赤っ茶けているのが、うす暗い暮色のあいだでわずかに認められるに過ぎなかった。

そのうちその黒猫もぱったり姿を見せなくなった。人間に他人のそら似があるように、あれもただ似ていただけで、みいではなかったのだろう。私たちはそう考えた。

そうしてはじめの失踪がだんだん忘られたように、似た黒猫の出現もやがて忘られて茶の間の話題にものぼらなくなり、そこの座蒲団の上や、火鉢のそばには、成長するとともにますますお転婆になった白猫が、障子に飛びついて叱《しか》られたり、食卓を荒らして打たれたりしながらも、みんなの愛情を頼みきって満足そうにうずくまっていた。

この状態に突然異変がおきたのはついこの間のことである。その時ももう暮れていた暗い台所口にれいの太い、錆のある声が幾月ぶりかで聞こえた。私と三男が急いで行って見ると、半分あいた硝子戸の外のタタキの上で、夜のいろに溶けあって、にゃご、にゃご啼いていた。

　冷蔵庫の横においてある猫の皿に御飯をいれて閾際《しきいぎわ》に出し、みいや、みいやと呼んだら、一層にゃご、にゃご啼いて、しばらく躊躇していたあとぴょいと飛びこんで来たと思うと、皿に突進してがつがつ食べだした。全く皿まで食べそうな勢いで、空《から》にする度に新らしくついでやったのを、三杯たてつづけに食べてしまった。

　そのあいだにいろいろ特長を調べて見た私たちは、左の耳にある切れ目と、なにか結び目のようにくっついた短い尻っぽで疑いもなくもとのみいであるのを知った。

　秋に一度近づいて来たのも、多分彼であったのであろう。その時に較べれば肥えて一層大きくもなり、毛並も綺麗になったがおそろしく飢えていたらしい。

　一時は野良猫になったが、やがてどこかに飼われているうち、最近の有様でその家から締めだされ、もう一度宿なしになってぶらつく間に、烈しい飢が、昔ゆたかな食べもののあった台所を思いおこさせたに違いない。

　犬などから見ると、場所や人間に対する知覚も執着も鈍いとされている猫であるだけに、この現象は私たちに多大の興味を与えた。

　ただ恐慌を来たしたのは現在の私たちのみいなる白猫である。胃袋がいっぱいになって落ちつきを取り戻した黒いみいが、台所から次の六畳へ、昔の匂《にお》いをかぎながらはいって行き、それから奥の茶の間へと、幾らかおずおずしながらも勝手を知った風で現れたのを見ると、火鉢のそばから飛びあがり、ううッと短く唸《うな》って虚勢を張ったが、殆《ほと》んど倍近い真黒な相手にすぐ威圧され、そのまま廊下へ逃げだしてもまだ怖いと見え、とうとう洋間の階段を駈けあがって、踊場の隅に小さくなっていた。隣家の犬にも負けずに立ち向って行くおはねだけに、その怖じけ方は私たちを笑わせた。

しかし夕食後からお針《はり》のけいこに出かける手伝い娘は、毎晩白猫を床《とこ》に入れて寝るので、帰って来てそれが見えず、思いがけない黒猫がいたらびっくりするだろうと考えたから、帰ったら事情を話してやるように、と遅くまで起きているものに頼んでおいて、私は二階の寝室に行った。

朝になって、どう、昨晩は驚いたろうというと、ええ、奥様、たまげっちまいましたわ、と田舎言葉をだしながら、寝床にまでもぞもぞはいって来たので、怖くてどうしようかと思ううち、眠ってしまったのですが、今朝見たら黒猫はいなくなって、白猫がちゃんとはいっておりました。という。それにも私たちは笑わされたが、笑いごとでないのは、二匹になった猫をどうして養って行くかである。

白いみいはほんの少ししか食べないので、この際でも一箸《はし》か二箸そのために私でも控えればよかったが、黒いみいのたんらんな食慾は忽ち台所を恐怖に陥れた。

その上終日どこかへ行ってしまって、三度の御飯時になると、にゃご、にゃご帰って来て食べるのである。あんまり現金過ぎるのに呆れながらも、私たちには以前からの根深い愛情があり、たまに縁側に悠悠と寝そべっている姿は、久しぶりに帰った、腹立たしく、可愛い放蕩息子を思わせるが、手伝い娘にはそうは行かなかった。このまっ黒な気味のわるい大物喰いは、白いみいいに対するのみでなく彼女にも先輩ぶっていた。

そうして、彼女の分まで食べこみそうな点では憎むべき競争者であったので、幾らうるさく啼いて皿のまわりをうろついても、容易にやらなかった。するとシイツにつけた糊滓がごみ桶《おけ》にはいっているのを見つけ、旨そうに食べてしまった。

彼女が呆れ顔でもって来た報告は、ようこそ帰ってくれたと愛《いと》しむ思いの中で、私のこころを痛めていた懼れを取り除いた。もとはかけてやる鰹節のよいわるいまで知っていた美食家のみいいも、時代を認識して糊滓に甘んずるなら、彼の食糧問題は解決される。どんなに気をつけても、お釜の洗い流しや、時たまのお焦《こげ》は仕方がないのである。すべて大事に壺に保存され、洗濯日の糊になっていたこと故、シイツや浴衣の寝巻を板のように硬くする代りに、一つの小さい生きものの餓死が救われることは、お上でもお咎めはないだろうし、粒粒辛苦のお百姓も寧ろ喜んでくれるに相違ない。

ことに普天の下《もと》、率土《そつと》の浜《ひん》に遍《あまね》く及ぶ皇威は、鳥類畜類はもとより、非情の草木までも余す筈はないのだと思えば、この黒猫を突っ放して、親と同じ野良猫にする気にはなれないのである。

猫のピーターのこと、地震のこと、時は休みなく流れる

村上春樹

猫に名前をつけるというのは、英国の先人も述べておられたとおり、なかなかむずかしいものである。僕は学生時代、三鷹《みたか》のアパートに住んでいたときに、一匹の雄の子猫を拾った。拾ったというか、アルバイトの帰り、夜中に道を歩いていたら勝手にうしろからにゃあにゃあとついてきて、僕のアパートの部屋にいついてしまったのである。茶色の虎猫で、長毛がかかって頬がふわふわしたもみ上げみたいな感じになっていて、なかなか可愛《かわい》かった。けっこう性格のきつい猫だったが、僕とすっかり意気投合して、それから長いあいだ二人で一緒に暮らすことになった。

この猫にはしばらくのあいだ名前をつけていなかったのだが（名前を呼ぶ必要もとくになかったので）、ある日ラジオの深夜番組——たしか『オールナイト・ニッポン』だったと思うな——を聞いていたら、「私はピーターという名前の可愛い猫を飼って

いたのですが、それがどこかにいなくなってしまって、今はすごくさびしい」というリスナーからの投書があった。それを聞いて、「そうか、じゃあ、この猫はとりあえずピーターという名前にしよう」と思ったのである。それだけのことで、名前に関してとくに深い意味はない。

このピーターはすごくしっかりした猫で、僕が大学の休みで帰省しているあいだは野良猫として、そのへんでなんとか自活して生きていて、僕が帰ってくるとちゃんとまたうちの飼い猫になった。そういう生活を僕らは何年にもわたって続けていたわけである。僕がいないあいだ、彼がいったいどこでどんなものを食べて暮らしていたのか、僕にはよくわからなかった。しかしあとになって行動を観察しているうちに、彼が食料源の多くを略奪と野生動物の捕獲に頼っていたらしいことがだんだん判明してきた。そのようにして、学校が休みになって僕が帰省するごとに、ピーターはますますたくましくワイルドな雄猫に育っていったわけだ。

その当時、僕が住んでいたところにはまだ武蔵野《むさしの》の面影が色濃く残っていて、まわりには野生動物なんかもけっこうたくさんいた。ある朝ピーターが何かをくわえて持ってきて、僕の枕《まくら》もとに放り出すので、「やれやれ、おまえまたネズミを捕まえてきたのかよ」とぶつぶつ言いながらよく見ると、それは小さなもぐらだった。実物のもぐらなんか見たのは僕も生まれて初めてである。きっとピーターはもぐらの穴の前で夜中じゅうじっと待ち受けていて、出てきたところをすかさずばしっと捕まえたのだろう。そして首をくわえて、「ほら、どうですか」と得意げに僕に見せに来たのである。もぐらには気の毒だと思ったけれど、そこにいたるまでのピーターの労苦を思うと、やはり「よしよし」と頭を撫《な》でて、何かおいしいものを与えてやらないわけにはいかなかった。

当時、猫を飼うことの問題点といえば、僕の経済状態が往々にして逼迫《ひっぱく》していたということだった。飼い主がろくに飯を食べる金もないのに、猫が食べるものなんてあるわけない。僕には当時経済的計画性というものがまったくなかったので（今でもそれほどあるとは思えないけれど）、まったくの無一文状態が一カ月のあいだにだいたい一週間くらい続くことになった。そういうときは、よくクラスの女の子に頼み込んでお金を借りた。僕が金がなくて腹を減らしていると言っても、「知らないわよ。そんなことはムラカミくんの自業自得《じごうじとく》でしょうが」と相手にもされないのがおちだが、「金がなくて、うちの猫に食べさせるものもない」と言うと、多くの人は同情して「しょうがないわねえ」と言いながら、ちょっとくらいは金を貸してくれた。とにかくそんなことをして、猫と飼い主と二人で必死に貧困と飢餓を堪え忍んだものである。ちょっとしかない食べ物を猫と文字どおり奪い合ったこともある。今考えても情けない生活だった。楽しかったけど。

結婚したときもまだ学生の身分で、そのアパートでしっかりと貧乏していたので、僕はとりあえずうちの奥さんの実家に居候《いそうろう》することになった。しかし奥さんの実家は布団《ふとん》屋さんで、「猫を連れてくるなんてとんでもない。売り物に毛がついてしまうじゃないか」と父親に言われた。まあそれはそうだ。だからしょうがないから、かわいそうだけれどピーターはあとに残していくことになった。自活する能力があることは既に証明されているし、一人になっても死ぬことはあるまい。

十月の曇った午後に、僕は数少ない家財道具とささやかなジャズ・レコードのコレクションを軽トラックに積み込み、何もなくなってがらんとした部屋の中でピーターにマグロのお刺身を与えた。最後の食事である。「悪いけどさ、俺こんど結婚することになって、向こうの家の都合でおまえを連れてくわけにいかないんだよ」と僕はピーターにわかりやすく説明した。でもピーターはマグロの刺身をがつがつ食べるのに必死だし(無理もない。そんなもの生まれてから食べたことないのだ)、だいたい猫だから、飼い主の人生のややこしい事情までは理解できない。

マグロを食べ終えて、まだ皿をぺろぺろとなめているピーターを残して、軽トラックでアパートをあとにした。しばらくのあいだ僕らは黙っていたのだが、やがてうちの奥さんが「いいじゃない、やっぱりあの猫、一緒に連れていこうよ。なんとかなるから」と言った。僕らは急いでアパートに引き返して、まだぼんやりマグロのことを考えているピーターをしっかりと抱いて連れてきた。そのころには彼はもうすっかり大きな猫になっていて、すごく重かったことを覚えている。顔を擦り寄せると、頬の毛がはたきみたいにふわふわしていた。

奥さんの父親は当初は「まったく、猫なんて連れてきやがって、そんなもの冗談じゃねえ。どっかに捨ててこい」と言ってかんかんに怒っていたのだが、もともと猫がそれほど嫌いなわけではないらしく、そのうちにピーターをかげで可愛がるようになった。僕の見ている前では無意味に蹴飛《けと》ばしたりしても、朝早くみんなのいないところではこっそりと頭を撫でて、食事を与えたりしていた。ピーターが婚礼用の布団に小便をかけたときにも、文句も言わずに——ちょっとくらい言ったような気もするけれど——黙ってやりなおしていた。小学校もろくに出ていない（というのは決して差別的表現ではない。今どきかっこいいじゃないですか）ちょっと風変わりで偏屈なおっさんだったけれど、生粋の東京人らしくあきらめのいい部分があった。

しかし残念ながら、ピーターをそこで最後まで飼いきることはできなかった。なぜならピーターは田舎で育って、自活することを覚えてしまった猫であり、文京区の商店街で暮らすようにはできていなかったからだ。彼は腹が減ると、さっさと近所の家の台所に入っていって、そこにある食べ物をためらうこともなくくわえていった。僕らは近所の家の奥さんたちから、「お宅の猫がまたうちのアジのひらきを盗んでいったのよ」というような苦情をしばしば聞かされるようになった。そのたびに弁償したり、頭を下げたりした（頭を下げるのは往々にしてうちの奥さんのお父さんであったけれど）。でもピーターにしてみれば、そのような行為のどこがいけないのかよくわからない。いくら叱《しか》っても、なぜ自分が叱られているのか理解できない。彼は生き残るための知恵をしっかりと身につけた猫であり、それが彼にとっての正しい生活のあり方なのだ。そして武蔵野の自然の中でもぐらを捕まえながら育った自由気ままな猫には、コンクリートと車通りに囲まれた商店街での生活は、窮屈でストレスの強いものだった。最後には神経のバランスを崩して、そのへんに小便をかけてまわるようにもなった。これは大変に困った。

そんなこんなで、僕らはとうとうピーターを手放さなくてはならないことになった。埼玉県の田舎に住んでいる知り合いがピーターを引き受けてくれた。「うちの家のすぐ近くには大きな森があって、動物も沢山住んでいるし、そういう猫ならけっこう幸せに暮らせるんじゃないか」ということだったので、別れは辛《つら》かったけれど、猫のためにもその方がいいのだと思って、思い切ってピーターを預かってもらうことにした。最後にやっぱりマグロのお刺身を食べさせてやった。

話によるとピーターは、その田舎の家でのんびりと幸せに暮らしたらしい。毎日朝御飯を食べると近所の森の中に入っていって、心ゆくまでそこで遊び、それから家に戻ってきたという。僕はその話を聞いて、やっぱりそれがピーターにとってはいちばん幸せな生活だったんだなと思った。そういう生活が何年か続いた。そしてある日、ピーターはとうとう家に帰ってこなかった。

僕はときどき今でも、静かに森の中に消えてしまった野生の雄猫ピーターのことを考える。ピーターのことを考えると、僕がまだ若くて貧乏で、恐さというものを知らず、でもいったいこれから何をすればいいのか見当もつかなかった時代のことを思い出す。その当時出会った数多くの男女のことを思い出す。あの人たちはみんなどうしちゃったんだろうなと思う。まあそのうちの一人は今でもうちの奥さんで、「ねえ、たんすの引き出しは開けたらちゃんと閉めてよね、まったく！」とあっちで怒鳴っているわけだけれど。

九月＊＊日、自作朗読会を催すために、久しぶりに故郷の芦屋と神戸に行ってきた。震災後当地を訪れるのは初めてのことで、八カ月たってもまだそのままいたるところに残っている傷跡の深さに、やはり愕然《がくぜん》としないわけにはいかなかった。止めようとして止めようもない自然のなした業とはいえ、そんな光景を目の前にすると、「どうしてまた、こんなことが、よりによってここで起こらなくてはならなかったんだろう」と深く考えこんでしまうことになる。僕は物心ついてから十八になるまでずっと阪神間に住んでいたが、当地で地震を経験した記憶なんてほとんどない。東京に出て来てからは、ずいぶん沢山の地の地震を経験したわけだけれど、阪神間が大地震によって壊滅状態になるなんて、想像したこともなかった。人の運命というのはほんとうにわからないものだと思う。

でも神戸で僕が昔よく行ったいくつかの店は、嬉《うれ》しいことにまだ健在だった。海岸近くの〈キングズ・アームズ〉もしっかりと残っていたし（両隣のビルはみごとになくなっていたけれど）、ピザを食べた中山手通りの〈ピノッキオ〉も残っていた。トアロード〈デリカテッセン〉のサンドイッチ・カウンターは残念ながらやっていなかったけれど、店自体はちゃんと営業していた。そういう店に久しぶりに入ると、「ああ、なんだか懐《なつ》かしいな」と思う。当時デートしていた女の子のことなんかもふと思い出す。あの頃は神戸の街をあちこちあてもなく散歩しているだけで、胸がわくわくして楽しかった。しかしそれも考えてみれば、既に四半世紀以上も前のことである。数多くの猫と、ガールフレンド（こっちはそれほど多くの数ではないですけれど）の記憶だけを残して、時は静かに、そして休むこともなく流れ去っていく。

季節の中の猫

保坂和志

毎日家《うち》の玄関先に置いたミルクを飲みに来ていた薄茶に縞柄が入った猫のお腹《なか》が膨らんできたんじゃないかと気がついたのが七月のことで、八月になると、「もうこれは完全に妊娠だ」と誰が見てもわかるようになった。

彼女はものすごく警戒心の強い猫で、捕まえて避妊手術をするとなると簡単ではないが、簡単だったとしてもお腹が大きくなったらもう手遅れで、人間の私たちは、あんなに細い体で出産・子育てがちゃんとできるんだろうかと心配する気持ちの方が強くなって、避妊するしないはとりあえず後回しになった。

妊娠後期になっても猫の動きは俊敏だったが、八月二十二日に私の見ている前で彼女は他の猫に突然喧嘩を仕掛けられて、塀《へい》を乗り越えて逃げていき、それっきり丸二日間ミルクを飲みに来なくなってしまい、二十五日にようやく姿を現わしたときには、お腹が元のようにスマートになっていた。というか、元に戻った彼女の姿は痛々しいくらいに痩《や》せて小さかった。

猫は産まれたばかりの子猫を飼い主にさえも見せないと言われている。まして人に飼われていないどころか私たちに触らせもしない猫が一週間や十日ぐらいで、のこのこと子猫を人目に触れるところに連れてくるわけがないけれど、彼女はあまりに事もなげにミルクを飲んでは去っていくばかりで、子猫が無事に産まれたのか私たちの疑問はいつまでたってもいっこうに晴れなかった。

九月になると台風が来た。東京を直撃するという予報はさいわい外れて、あまり大きな被害は出なかったけれど、それでも雨は相当なもので、子猫が産まれているのだとしたら、彼女はいったいどうやって雨から子猫を守ったのだろうか。

台風がまだ北日本の沿岸にいるうちにアメリカで同時多発テロが起こった。それは東京の猫にはまあ全然関係なかったけれど、台風が去って数日すると、十一月初旬並の寒さが来て、実家の両親は炬燵を立て、我が家ではストーブを出し、過保護に育てられた怠惰な飼い猫たちがストーブの前でぬくぬくと丸くなっているのを見ながら、私は子猫がどうなっているのかますます心配になっていた。

九月が過ぎ十月になっても、天候はずうっと不順で雨が多く、雨が降ると寒く、からっとした秋晴れは例年になく少なく、彼女は痩せた体でミルクを飲んでは去っていくばかりで、私は子猫は育たなかったんだと考えるようになっていた。いくら子猫を人目に晒さないといっても一ヵ月半も隠しておくなんてことはないだろう。

しかし子猫は現われた。

十月二十五日の夕方六時過ぎ、ミルクをいったん出して、人間が見ている前ではミルクを飲まない彼女がちゃんと飲んでいるかどうか、二階の窓から様子をうかがうと、容器に変な生き物がへばりついていた。

「?」と思ってさらに見ていると、遠くを歩く人の気配に二つにばらけた影の、形と動きで子猫だとわかった。急いで降りて玄関の外に出ると、子猫はまだ植え込みの陰に隠れていた。茶トラと三毛の二匹で、私が近づくとお母さん猫である痩せた薄茶の彼女が「フーッ!」と、私に向かって威嚇した。母は強い。私はその足で駅前のペットショップに行って、子猫用のミルクを買ってきた。いままでは普通の牛乳だったけれど、牛乳だと子猫は下痢をしてしまって栄養にならないのだ。

私は感動した。この二ヵ月のあいだよくぞ育てたものだ。雨が降ったり、急に冷え込んだり、初秋と晩秋を不規則に何度も行ったり来たりした、あんなに不順な秋はめったにない。

母親になった猫が子猫を育てるのは猫の本能だ、なんて簡単に片付けることはできない。産まれてすぐに親が死んだり、人間によって捨てられたりしてしまった猫は、自分が親になってもうまく子猫を育てられないことがある。だから「本能」の一言で片付けてはいけなくて、そこには経験＝記憶が介在しているのだ。

家《うち》の一番上の猫は産まれてすぐに捨てられたところを拾ってきたのだが、最初の二週間は妻の親友の家のメス猫が面倒をみてくれて、彼女がいなかったらたぶん家の猫は育たなかった。そうやって無事成長した一番上の猫はオスだけれど、彼は二番目の猫が来ると母猫替わりになって面倒をみた。

二番目の猫も二週間ほどで捨てられていたからすごく小さくて、オシッコとウンチを自分でできなくて、私たちが一日四回ぐらいずつ綿棒でつんつん刺激してさせていたのだが、あんまりうまくいかなくて、オシッコが出たら出たで、「あぁ、ティッシュ、ティッシュ」なんて、毎回騒いでいたのだが……、三日目ぐらいに突然、それまでネズミより小さい子猫を不気味（?）がって遠巻きに見ていたオス猫が、子猫のいる段ボール箱の中に入って、お尻を嘗《な》めはじめたのだ。彼が嘗めるとオシッコもウンチもじつに簡単に出てきて、しかも彼はそれをぺろぺろ嘗めとってしまった。

オス猫であっても自分がしてもらった記憶が、子猫を前にして動き出したのだ。だから猫の子育ては、揺るぎなくプログラミングされた本能によるだけなのではない。

子猫を産んだ彼女は、自分自身が育てられた記憶だけでなく、雨や寒さからしのげるこのあたり一帯の隠れ家の地図も記憶の引き出しから出して、茶トラと三毛の二匹の子猫を育てたのだ。

ところで、子猫を見つけた私は猫用ミルクを買ってきた。

それをお湯で溶いて出すと、子猫たちはジャバジャバ飲んだ。子猫はたてつづけに容器三杯も飲んだ。翌日も子猫はミルクをがぶ飲みした。しかし、それっきりぱったり来なくなってしまった。

しかもまた雨の日がつづいた。北から吹きつける容赦ない雨が一週間で三回も降った。これまではまだ動きのおぼつかない子猫だったから、母猫に仕舞われた場所で二匹でおとなしくくっついて暖かくしていたんだろうけれど、活発になるとそうはいかない。母猫から離れて、外に出て、雨に濡れて、風邪をひいてしまったかもしれない……。あの二日っきり、本当に全然来なくなり、母猫の来るのも不規則になり、私は一晩誰にも飲まれなかったミルクを毎朝むなしく捨てた。

しかし十一月十七日についにまた現われた。その同じ日に、近所の別の家が毎晩母猫と子猫たちに缶詰のエサを出していたことも知った。もともとミルクは副食であって主食だとは思っていなかったが、「じゃあ、主食はどうやって調達してたと思ってたの?」と、追及されたら返事に窮する。心配したり悩んだりしつつも、中途半端でずるい接し方をしていることは認めます。それはともかく——。

十二月になると一転して晴れて、ぽかぽか日和がつづくようになった。

ある日の午後、隣りとの境いのブロック塀の上に母猫と二匹の子猫が現われた。そして、しばらく日向ぼっこをして去っていった。隣りは雑草が生い茂った空き地だから、猫たちは誰に追われる心配もない。

その日から日向ぼっこは母猫と子猫の日課になり、それを見るのが私の日課になった。茶トラはオスでやんちゃで、塀を昇ったり降りたり落ち着かなく動きまわり、三毛はちょっと愚図で、母猫のそばからあんまり離れない。

二匹の子猫を引き連れて隣りの空き地から、ブロック塀に飛び上がって姿を現わす母猫はじつに颯爽としている。この小世界を築いた彼女に感服する。

猫の墓

夏目漱石

早稲田へ移ってから、猫がだんだん瘠《や》せて来た。いっこうに小供と遊ぶ気色《けしき》がない。日が当ると縁側に寝ている。前足を揃えた上に、四角な顎《あご》を載せて、じっと庭の植込《うえこみ》を眺めたまま、いつまでも動く様子が見えない。小供がいくらその傍《そば》で騒いでも、知らぬ顔をしている。小供の方でも、初めから相手にしなくなった。この猫はとても遊び仲間にできないと云わんばかりに、旧友を他人扱いにしている。小供のみではない、下女はただ三度の食《めし》を、台所の隅に置いてやるだけでそのほかには、ほとんど構いつけなかった。しかもその食はたいてい近所にいる大きな三毛猫が来て食ってしまった。猫は別に怒る様子もなかった。喧嘩をするところを見た試しもない。ただ、じっとして寝ていた。しかしその寝方にどことなく余裕《ゆとり》がない。伸《の》んびり楽々と身を横に、日光を領《りょう》しているのと違って、動くべきせきがないために——これでは、まだ形容し足りない。懶《ものう》さの度《ど》をある所まで通り越して、動かなければ淋《さび》しいが、動くとなお淋しいので、我慢して、じっと辛抱しているように見えた。その眼《め》つきは、いつでも庭の植込を見ているが、彼《か》れはおそらく木の葉も、幹の形も意識していなかったのだろう。青味がかった黄色い瞳子《ひとみ》を、ぼんやり一《ひ》と所《ところ》に落ちつけているのみである。彼れが家《うち》の小供から存在を認められぬように、自分でも、世の中の存在を判然《はっきり》と認めていなかったらしい。

それでも時々は用があると見えて、外へ出て行く事がある。するといつでも近所の三毛猫から追《おっ》かけられる。そうして、怖いものだから、縁側を飛び上がって、立て切ってある障子を突き破って、囲炉裏《いろり》の傍まで逃げ込んで来る。家のものが、彼れの存在に気がつくのはこの時だけである。彼れもこの時に限って、自分が生きている事実を、満足に自覚するのだろう。

これが度《たび》重なるにつれて、猫の長い尻尾《しっぽ》の毛がだんだん抜けて来た。始めはところどころがぽくぽく穴のように落ち込んで見えたが、後《のち》には赤肌《あかはだ》に脱け広がって、見るも気の毒なほどにだらりと垂れていた。彼れは万事に疲れ果てた、体軀《からだ》を圧《お》し曲げて、しきりに痛い局部を舐《な》め出した。

おい猫がどうかしたようだなと云うと、そうですね、やっぱり年を取ったせいでしょうと、妻《さい》は至極《しごく》冷淡である。自分もそのままにして放《ほう》っておいた。すると、しばらくしてから、今度は三度のものを時々吐くようになった。咽喉《のど》の所に大きな波をうたして、嚔《くしゃみ》とも、しゃくりともつかない苦しそうな音をさせる。苦しそうだけれども、やむをえないから、気がつくと表へ追い出す。でなければ畳の上でも、布団の上でも容赦なく汚す。来客の用意に拵《こしら》えた八反《はったん》の座布団は、おおかた彼れのために汚されてしまった。

「どうもしようがないな。腸胃《ちょうい》が悪いんだろう、宝丹《ほうたん》でも水に溶いて飲ましてやれ」

妻は何とも云わなかった。二三日してから、宝丹を飲ましたかと聞いたら、飲ましても駄目です、口を開きませんという答をした後で、魚の骨を食べさせると吐くんですと説明するから、じゃ食わせんが好いじゃないかと、少し嶮《けん》どんに叱《しか》りながら書見をしていた。

猫は吐気《はきけ》がなくなりさえすれば、依然として、おとなしく寝ている。この頃では、じっと身を竦《すく》めるようにして、自分の身を支える縁側だけが便《たより》であるという風に、いかにも切りつめた蹲踞《うずく》まり方をする。眼つきも少し変って来た。始めは近い視線に、遠くのものが映るごとく、悄然《しょうぜん》たるうちに、どこか落ちつきがあったが、それがしだいに怪しく動いて来た。けれども眼の色はだんだん沈んで行く。日が落ちて微《かす》かな稲妻があらわれるような気がした。けれども放っておいた。妻も気にもかけなかったらしい。小供は無論猫のいる事さえ忘れている。

ある晩、彼は小供の寝る夜具の裾《すそ》に腹這《はらばい》になっていたが、やがて、自分の捕った魚を取り上げられる時に出すような唸声《うなりごえ》を挙《あ》げた。この時変だなと気がついたのは自分だけである。小供はよく寝ている。妻は針《はり》仕事に余念がなかった。しばらくすると猫がまた唸った。妻はようやく針の手をやめた。自分は、どうしたんだ、夜中に小供の頭でも噛《かじ》られちゃ大変だと云った。まさかと妻はまた襦袢《じゅばん》の袖《そで》を縫い出した。猫は折々唸っていた。

明くる日は囲炉裏《いろり》の縁《ふち》に乗ったなり、一日唸っていた。茶を注《つ》いだり、薬缶《やかん》を取ったりするのが気味が悪いようであった。が、夜になると猫の事は自分も妻もまるで忘れてしまった。猫の死んだのは実にその晩である。朝になって、下女が裏の物置に薪《まき》を出しに行った時は、もう硬くなって、古い竈《へっつい》の上に倒れていた。

妻はわざわざその死態《しにざま》を見に行った。それから今までの冷淡に引《ひ》き更《か》えて急に騒ぎ出した。出入《でいり》の車夫を頼んで、四角な墓標を買って来て、何か書いてやって下さいと云う。自分は表に猫の墓と書いて、裏にこの下に稲妻起る宵《よい》あらんと認《したた》めた。車夫はこのまま、埋《う》めても好いんですかと聞いている。まさか火葬にもできないじゃないかと下女が冷《ひや》かした。

小供も急に猫を可愛《かわい》がり出した。墓標の左右に硝子《ガラス》の罎《びん》を二つ活《い》けて、萩《はぎ》の花をたくさん挿《さ》した。茶碗に水を汲《く》んで、墓の前に置いた。花も水も毎日取り替えられた。

三日目の夕方に四つになる女の子が――自分はこの時書斎の窓から見ていた。――たった一人墓の前へ来て、しばらく白木の棒を見ていたが、やがて手に持った、おもちゃの杓子《しゃくし》をおろして、猫に供えた茶碗の水をしゃくって飲んだ。それも一度ではない。萩の花の落ちこぼれた水の瀝《したた》りは、静かな夕暮の中に、幾度《いくたび》か愛子《あいこ》の小さい咽喉を潤《うる》おした。

猫の命日には、妻がきっと一切《ひとき》れの鮭《さけ》と、鰹節《かつぶし》をかけた一杯の飯を墓の前に供える。今でも忘れた事がない。ただこの頃では、庭まで持って出ずに、たいていは茶の間の箪笥《たんす》の上へ載せておくようである。

フツーに死ぬ

佐野洋子

医者はレントゲンをとって、血液検査をした。猫のくせにレントゲン？　血液検査？　医者は大きなレントゲン写真二枚をビューアーにはさんで、真面目な少し沈痛な面持ちをしていた。

「ガンですね」。は？　は？　は？

「ここ、すい臓、こんなに大きく変形しています」。テニスボール程の丸い部分をさして医者は言った。

「それから、この肺のここ、ここ、転移していますが、原発はどこかわかりません。もし調べるなら、腸や胃の検査してもいいですが、どうします？」「それって原発がどこか調べるだけなんですか」「そうです」「治りますか」「これだけ広がっていますから、手術してガンの所を取ってもねェ、内臓全部やられていますよねェ」「手術しないでいいです」。

えーッ、ガン！　猫なのに。「どれくらい、もちますか」「うーん、何とも言えませんねェ、一週間かもう少しもつか」。えっ、一週間？　えっ。「体重三キロへってますねェ、脱水状態ですねェ、水飲んでなかったと思いますよ。点滴して抗ガン剤入れてみますか。何にもしないで、安楽死という選択もありますが」。安楽死という言葉を医者は言いにくそうに小さな声で、私の目を見ないで言った。点滴をしてもらうことにして一泊入院することにした。

次の日、猫はえさをぺろぺろ沢山食べたそうだ。ステロイドの注射もしたと医者が言った。ステロイドって、運動選手がドーピングに使うんだっけ？　いつか九十二歳のおじいさんが骨折して入院して、もう寝たきりになってしまうかと思われた時、ステロイドを注射したら突然おき上がって、病院の廊下をスタスタ二周もした事をきいた。注射が切れたらまたストンと寝てしまった。

医者が白い小さな丸薬をくれた。「抗ガン剤です」。口をこじあけてのどの中に放り込むように教えてくれた。

「もし薬がきいたら、進行を遅らせることが出来ますが」と医者が言う。進行を遅らせるって事は、少し寿命が延びるって事なのか。

フネは金物のおりの中でうずくまっていた。刑務所に似ている。私がフネなら刑務所の中で死にたくない。

「もしすごく苦しんだら、家で安楽死させてくれますか」。

「その時は連れて来て下さい」。私は黙りこんだ。

私はフネを見たままずっと黙っていた。

「なるべくなら病院で」。医者は沈黙に耐えられないらしかった。沈黙に耐えられない人は良い人だなあと思う。私はそれをぐいっとつかんだ。

「もしもの時、電話してもいいですよね、来てくれますよね」。

フネを連れて帰った。


フネをフネの箱の中に置いた。冬中足温器を入れた箱の中に毛布をしいてあった。

フネはじっと目をつぶって置いたままの姿勢だった。箱のそばに水を置いてスーパーに行った。ステロイドはやっぱり一瞬のドーピングだったのだ。

一番高い缶づめを十個買った。コマーシャルで、シャンペングラスの中に入っていてチンとグラスをたたく奴だ。私はコマーシャルを見るたびに、ヘン、猫なんぞにぜいたくさせちゃいかん、とんでもねえと腹が立っていたものだ。

魚の白身、とりのささ身、ビーフ、レバーと何種類もある。奇蹟が起こるかも知れん。ふだんコロコロした兎のふんみたいなものだけ食わせていたから、白身の魚のあまりのうまさに、パクパク食べてガンがだまされるかも知れん。レバーなんぞペロペロ食べたら、もしかしたら肝臓のガンも負けるかも知れん。高いったって安いものだ。しかし奇蹟は起こらないだろうとも思う。

小さな皿にスプーン一さじをとり分けてフネの鼻さきに持って行った。匂《にお》いをかいでフネは一さじ分を食べた。私は勇んでもう一さじを入れた。フネは口を閉じたまま私の目を見た。「ねえ、食べな」と私は言った。私は自分の声に気が付いた。全然猫なで声になっていない。私は一生猫なで声というものを出した事がなかったらしい。フツーの声しか出ないのだ。フツーの人は皆猫なで声が出るものなのだろうか。猫は猫なで声をかけてもらいたいのだろうか。

「ねえ、もう一口食べてみな」。フツーの声で私はまた言っているのだ。フネは私の目を見ながら舌を出して白身を一回だけなめた。私の声に一生懸命こたえようとしている。お前こんないい子だったのか、知らんかった。

気が付くとフネは部屋の隅に行っていた。

本当にあと一週間なのか。もしかしたら、今そのまんま死んでしまっても不思議はないのか。苦しいのか。痛いのか。ガンだガンだと大さわぎしないで、ただじっと静かにしている。

畜生とは何と偉いものだろう。

時々そっと目を開くと、遠く孤独な目をして、またそっと目を閉じる。静かな諦念がその目にあった。

人間は何とみっともないものなのだろう。

じっと動かないフネを見ていると、厳粛な気持になり、九キロのタヌキ猫を私は尊敬せずにいられなかった。

時々じっと動かないフネの腹のあたりを見た。かすかに波打っている。父が死ぬ前、うすべったくなった父の胸のあたりのふとんをぬすみ見た時の事を思い出した。そんな時不意に父が目をあけて、私を見ると、私はへどもどしたものだ。

まだ生きている。

時々おき上がって、砂箱に小便をしに行った。時々は水を飲んだ。そのうちたれ流しになるのだろうか。たれ流ししてもいいからね、たれ流ししてもいいんだよ。でもなるべくたれ流さんでくれる?

一缶のえさがなかなか空にならなかった。

フネはじっと静かにしているのに、私は騒いだ。

サトウ君にも「フネがガンになった、今日死ぬかも知んない」。マリちゃんとサトウ君は静かに玄関から入って来てくれて、「え、お前どうしたの」と言ってくれた。

フネは、はて変だなお前ら、と思うかも知れない。

アライさんちに行っても「うちの猫、ガンになって死にそうなの」と報告した。

アライさんは、「ほう、そうかね。うちのも昨日死んだ」とふだんと同じ顔をして言った。アライさんちの猫は納屋の二階でお産をして、そのうちの一匹はどうしても地上におりて来なくて、五年間納屋の暗い二階で生きていた。時々アライさんがはしごにのって、おしりだけ出していることがあった。五年間毎日えさをやっていたのだ。

アライさんが入院した時、奥さんが最初の面会に行ったら、アライさんは一言、「猫」と言っただけだったそうだ。「私にえさやれってことなんだよね。猫のことだけ心配だったんかね」と、奥さんは不平そうに言ったっけ。

あの猫は初めて地上におりた時は、穴の中に埋められる時だった。私はアライさんにフツーではない声を出した事を恥じた。

マコトさんにもアケミさんにも「フネがガンなの」と言いつけた。マコトさんは「あー、あれはいい猫だった、なかなか人物だった」と過去形で言った。そうだったのかも知れないと私も過去形で思った。

一週間たった。猫の医者が「どうです」と電話をかけて来てくれた。猫の医者の半分か十分の一でも、人間の医者が患者の事を心配してくれるだろうか。退院して行った患者に電話してくれる事なんかないなあ。私は、抗ガン剤を一錠も与えないですてていた。

一週間、私はドキドキハラハラ浮《うわ》ついていたのに、フネは部屋の隅で、ただただ静かに同じ姿勢で、かすかに腹を波打たせているだけだった。見るたびに、偉いなあ、人間は駄目だなあ、と感心した。

十日たった。二週間たった。

「ほら、食べな」と言うと、私の目を見て一さじの半分くらい食べて、「本当は食いたくないけど、あんたが食べなって言うから、食べましたよ。ね、もういいでしょう」とその目が言っている。そんないい子しないでもいいよと思いながら、「もう半分ね、もう半分」と私は言うのだ。

二週間過ぎると、フネは死なないんじゃないか、こうやって飲まず食わずで永久に生き続けるのかも知れない。それでも砂箱に小便と糞をしに行く。ねずみの糞くらいの糞を三日に一度くらいする。一瞬一瞬今死ぬか、今死ぬかと思っているので、私は疲れて来た。何をするでもないのに、ずっと緊張していた。そのうちに、風呂場のタイルにうずくまるようになった。熱があって冷たい所に行きたいのか、暗いところで邪魔されたくないのか。音もなく冷たくて暗いところを自分でさがす。

ある日、トイレの便器の前に小さな水たまりが出来ていた。トイレットペーパーでふくと黄色い。においをかいでみると小便くさい。フネは砂箱までもう行けなくなったのだ。風呂場の隣のトイレに必死で行ったにちがいない。ここが人間のトイレだと知っていたのだ。こんな健気な猫だったのだろうか。私はただのデブ猫としか思っていなかった。

顔が一まわり小さくなった。なでるとゴリゴリと頭蓋骨がさわった。

二十日過ぎた。友達が来て、「あんた、これはまだもつよ。このでかい腹はラクダのコブと同じで、このでかい腹から栄養補給しているんだよ。これがすんなりスタイルのいい猫だったら、とっくに死んでいるよ」。そうかしらん。三度トイレに小便をした。小便をした床をふいたあと、私はじいっと床を見続けずにいられなかった。なるべくなら、たれ流しにならないでね、って心の中で言ったのがわかっちゃったんだ。

ちょうど一カ月たった。

フネは部屋の隅にいた。クエッと変な声がした。ふり返ると少し足を動かしている。ああ、びっくりした、死んだかと思ったよ。二秒もたたないうちに、またクエッと声がして、フネは死んだ。全然びっくりしなかった。

私は毎日フネを見て、見るたびに、人間がガンになる動転ぶりと比べた。ほとんど一日中見ているから、一日中人間の死に方を考えた。考えるたびに粛然とした。私はこの小さな畜生に劣る。この小さな生き物の、生き物の宿命である死をそのまま受け入れている目にひるんだ。その静寂さの前に恥じた。私がフネだったら、わめいてうめいて、その苦痛をのろうに違いなかった。

私はフネのように死にたいと思った。人間は月まで出かける事が出来ても、フネのようには死ねない。月まで出かけるからフネのようには死ねない。フネはフツーに死んだ。

太古の昔、人はもしかしたらフネのように、フネのような目をして、フツーに死んだのかも知れない。「うちの猫死んだ」とアライさんに報告したら、「そうかね」とアライさんはフツーの声で言った。

猫になればいい

吉本隆明

猫っていうのは、つまり人間の感じる感じかたにそっくり従っちゃって、合わせ鏡みたいになっている。好きな人間がかまってくれると、そのかまいかたとすぐに一致しちゃうんですね。

これがワンちゃんだと、もうちょっと鋭いところがあるから、単に反応するだけじゃなくって、吠えたり、声の調子を変えたりして、もっと自分から自己主張したりしますよね。

ワンちゃんのほうが賢いのか、賢すぎるっていうのか、かわいがられるとそれに対応する方法も知っていて、自分の感じたことをつけ加えて表現したりするんだけど、猫さんはそこまではしない。

かわいがられたらかわいがられたとおり、ズバリ、そのまんまを返してくる。その返しかたも「おまえの鏡なんだ」というくらい忠実です。

その代わり、ひとたび気が合えば、感情の起伏までおんなじにできる。それはもう、みごとなもんです。

ワンちゃんとちがって、余計なことをつけ加えたりもしない。真似してるっていえば真似してるし、かわいがってくれる人の感情の動きを正確に察知して推察するのは抜群にうまいのに、自分の感情を出すのはやっぱり鈍いんですね。

そういうところが僕が猫を好きな非常に大きな理由です。

うまく気が合ったら、これはもうちょっとこたえられないですね。

猫さんほど忠実に自分を反映してくれる生き物はいないし、自分を鏡に映したような振る舞いかたで、ぴたりと合っている。

こっちが考えていることをそっくりそのまま表現しますからね。

余計なものはつけ加えずに。

猫さんのほうにはそれ以外のことはないんでね。そうしているっていうより、もともとそれよりほかにできないいんだと思います。

だから自分そのままの「うつし」になることができる。

それは本当に重要なことで、このぴたりと一致してくれる感じはほかの生き物ではありえないなあと。

この魅力にとりつかれると、これはもう、猫好きになりますね。

本当の猫好きになると、しまいには自分か、猫かってくらい境界線があいまいになって、お互いがさかさまになってしまうくらい一致して親しくなることができる。

どうしたらそこまでになれるのか。

僕が思うに、猫さんと仲良しになるのにいちばんいい方法っていうのは自分も猫になればいいんです。「猫を飼っている」という感じじゃなくて、自分も猫化して、猫さんとおんなじになっちゃえばいい。

そうしたら自分のやることは、みんな、猫さんに通じますよ。

僕は子どものころからずっとそうしてきました。

ひょっとしたら猫さんのほうでは「コイツ、バカなことしてんなあ」と思ったかもしれないけど、もし相性のいい猫と出会うことができて、自分が猫になりきったかまいかたができるくらい親しくなると、これほどすばらしい友人はいないっていう状態になります。

僕は、自分のことを「遅い」とか「鈍いんじゃないのかな」って思ってきたわけですが、猫さんはこっちが鈍くても鈍くなくても、好きな人間がかまってくれると、そのかまいかたとすぐ一致することができる。

いつも自分は「遅い」と感じてきた僕にしたら、そんなことは人間との間でもなかなかあるもんじゃない。

しかもその一致のしかたはまことにみごとなもんで、これ以上忠実な知り合いはいないって感じがする。

あるいは深い友人というのかな。

深いんですよ、なんかね。

けっして嘘をつかないし、裏切らない。

そこまでいけたら、もう言うことなしです。

猫さんっていうのは本当に言うことなしなんです。

時には自分の考えていることと猫の考えていることが食いちがうこともありますけど、そういうときの猫さんとの関係っていうのはふいに赤の他人というか、見知らぬ動物なんだっていう距離になって、こっちのほうが二重人格みたいになるんですね。自分と、もうひとり自分じゃないような自分と、自分が二重になる。

これはこれでまた得がたい、おもしろい体験だと思います。

自分が二重になっちゃって、おおげさに言うと猫さんと一致した「瞬間的な自分」と一致できない「人類としての自分」っていいますか。

そのふたつが別々に出てくることがあるんです。

ふだんは猫さんのやることは自分にそっくりだし、猫さんの感情は自分にそっくりだし、自分と猫さんとは区別つかないくらい一致していたのが、そうして食いちがうと、猫さんのほうはひとつなんですけど、人間のほうは「俺はやっぱり猫類じゃなくって人類だなあ」ってところが出てくる。

猫さんのかわいさが本当の意味で伝わってくるのは、かえってこういうときだと思います。

もしかすると人間には、人類の枠組みではどうにも収まりきらない何かがあって、ふだんの生活では抑え込んでいる別の自分、本能的というか野性的というか猫類の自分がいるんじゃないか。

猫さんと一致してるときだけ、そういうはみ出している自分がまったく解放されている。

そういうことまで感じられるようになったら、これはもう、無類の状態と言えるんじゃないでしょうか。

猫

宮沢賢治

（四月の夜、とし老《と》った猫が）

友達のうちのあまり明るくない電灯の向うにその年老った猫がしずかに顔を出した。

（アンデルゼンの猫を知っていますか。

　暗闇で毛を逆立ててパチパチ火花を出すアンデルゼンの猫を。）

実になめらかによるの気圏の底を猫が滑ってやって来る。

（私は猫は大嫌いです。猫のからだの中を考えると吐き出しそうになります。）

猫は停ってすわって前あしでからだをこする。見ているとつめたいそして底知れない変なものが猫の毛皮を網になって覆い、猫はその網糸を延ばして毛皮一面に張っているのだ。

（毛皮というものは厭なもんだ。毛皮を考えると私は変に苦笑いがしたくなる。陰電気のためかも知れない。）
猫は立ちあがりからだをうんと延ばしかすかにかすかにミウと鳴きするりと暗の中へ
流れて行った。
（どう考えても私は猫は厭ですよ。）

猫と婆さん

佐藤春夫

猫は数年前、息子がまだ大学に在学中、毎土曜日、定期的に通って十二時まで飲む飲み屋で、早春の一夜、なじみの女の子から帰りがけに外套のポケットに入れられたのを、途中で捨てもせず、そのまま大事に持って帰って来た雄の虎猫であった。母乳をはなれてはまだ育たぬかも知れないほどの小さな奴であった。無雑作にチビと名づけて飼って置いたのが、日々に無事に育って、チビという名がふさわしくないほど大きくなったのでデカチビと呼び改めるようになった。

デカチビはただのチビ時代から、まことに聡明な奴で、運ばれて来ると、その夜はいきなり冷蔵庫の下へもぐり込んでその翌日も一日中家の様子を見ていたらしいが、二日目の朝、近所にいる身内の娘が台所口から声をかけて入って来たのを聞きつけると、それをしおに出て来てその足もとにすり寄った。前にいた飲み屋で女の子には親しんでいたからでもあったろうか。幸《さいわい》に身内の娘もその家に猫がいて猫は好きであったから、この子猫を珍しがって、台所にあった牛乳を与えたりしたので、やっと冷蔵庫の下のかくれがを出て追々と人になつくようになった。下性《げしよう》のいい奴で大小便には必ず外に出て甚だ始末がいい。

すこし大きくなると雄猫だのに鼠を取り出して二年あまりの間には、今までは時々見かけたねずみの影も姿も見なくなった。

デカチビは洋間の重い扉でも何でもただ締めて置く限りは自由自在に明けた。爪《つめ》をひっかける手ごろの場所を見つけておぼえているからである。さすがに出る時に締めては行かなかった。もし締めて出ればこわいようなものに思えた。

毛の色つやもよく、よく太った丸顔で、動作も機敏に、栗の実などを投げ与えると板の間の上をどこまでも、ガラガラと追っかける姿など愛らしかった。

そのうち外に出歩くようになって、三四日も時には一週間も帰らない日があり、帰ってもまたすぐ出て行く。帰るとすぐさま台所の自分の皿のあるところへ飛び込むのである。帰ったまま出て行かないのを見ると、どこかに怪我をしている。

「こいつわが家を、食堂か病院と間違えていやがる」

と叱《しか》りながらも、

恋猫の面やつれして帰りける

などと主人は、ますますこのデカチビを愛して、その頭を撫《な》でながら、客に、

「近ごろあまり大したのでないのが誰も彼も芸術院会員とかになっているらしいが、うちのこいつなども漱石の猫とともに会員に推せんされてもよいのだ。部長になってもよい。あんなのは猫でも杓子でもよいのだから、いや徒党を組むようなことは断じてしない猫や杓子の方がよいのかも知れないよ」

などと語っていた。この主人というのは二三十年前には二三のユーモア小説などを発表したまま世に現れず、志が埋もれている不遇作家だけにこんなひねくれた不平がましいことも言うのであろう。しかし文学に対する情熱を全く失ったのではないしるしに時々、世に問わぬ、というよりは世間が相手にしない詩のようなものを年久しく書いていたが、このごろは年のせいか、それもおっくうになって即興十七字詩と称して俳句まがいの駄句を放吟してひとり悦に入っている。

この主人というのは、当人は楽天家と自称しているにも拘らず、常に何かしら不平らしく気むずかしい顔をしている。息子がまだ幼少のころ、と言えば三十年も前のことであろうが、息子のところへ遊びに来た近所の子供が、彼が小声で歌っているのを聞いて、

「おじさんが歌を歌った！」

と泣いて帰った事があった。その子にとっては、彼が歌をうたった事はまるで化石

が動き出したか何かのように、天変地異とも感じられたのかも知れない。デカチビの飼い主というのは、ざっとそういうおじさんなのである。

こういうへんな人物にはありがちのことであるが、人のあまり寄りつかない彼は子供や小動物が大好きで、また子供や小動物の方でもふしぎと彼にはよくなついた。デカチビもいつのころからか、最初はお互に無関心に見えた彼になつきはじめて、主人の夕食の膳のそばに来ては、まるでコマ犬のように行儀よく坐《すわ》ってつき切りに動かなくなった。彼が時々自分の食べるものを分けてやるので、チビはここで食べるものは、いつも当てがわれる台所の鯵《あじ》の定食よりもうまいと気がついたものらしい。猫という奴はデカチビばかりではなくみな美食家であるが、デカチビには特にその傾向が甚《はなは》だしく、いつもは喜ぶ、鱸《すずき》のさしみなどでも一日経ったのはちっと鼻をつけたきり見向きもしない。

デカチビを愛する主人は、自分の好みよりはむしろ猫の好みを主にして副食物を択《えら》ぶようになった。自分はいつどこででも気に入ったものを食べることもできるが、猫はそれができないと思ったからである。そのうちにふしぎと好みがだんだん猫に似て来た。そうして自分は三度に一度、あとの二度は猫にやって、副食物の大半はデカチビにわけてやるようになった。それもただくれるのではなく、猫と対談しながら食べさせるのである。

「だめだ、だめだ。そうむやみと背延びして立ちあがっても黙っているのではくれない。なぜ、くださいとか何とか言わないのだ？」

と言えば、相手は、

「ニャア！」と答える。

「そんなのはだめだ。なぜもっと元気よくいい声を出さない？」

「ニャアン！　ニャン‼」

食べてしまったのを見ると、

「黙って食べるやつがあるか。おいしかったなら、おいしかったと言わなけりゃいけないではないか」

「ワアンワンワアンワン」とまるで小犬のようにつぶやき吼え呻《うな》るのである。

いいかげんに食べ、こちらでももうやるものがなくなったころには、ひとりで出て行くが、それでも出て行かなければ、手を振って見せると出て行く。

いつか夕食前に手にとって見た書物が面白くて読み耽っていると、チビが障子の向うに来て部屋に入れよと呼ぶのであった。ここの障子は積み上げた雑書が邪魔になって自由に明けられないのである。猫の呼ぶのもその意味もわかっているが読みかけているところが面白くて立って行ってやらないでいたら、デカチビは障子の破れから、部屋のなかの主人をのぞき込んでいるのであった。これでは主人も立って行って部屋に入れてやらなくてはなるまい。こうして彼と愛猫とはいつものように対談しながらともに食事をすましたことであった。

昨年の冬は特に寒くて安普請《やすぶしん》では部屋を暖めると隙間風が洩れ入るし、炉辺でテレビを見ている家族の連中も、そろそろ番組にも飽き夜が更けて寒くなるに従って、ひとりふたりと追々におのおの寝所に引き揚げて行き、最後までひとり取り残された主人だけが、瞑想だか妄想だかに耽って夜更けまで起きていると、部屋の灯を見つけて忍び込んで来た愛猫は主人の胡坐《あぐら》の上に来て膝と膝との凹みのなかにすっぽりと軀《からだ》を丸めてのどを鳴らしはじめた。もうそろそろ寝ようかと考えていた主人は胡坐のなかの安眠者におつき合いしていたが、ふと放吟して言う――

天籟《てんらい》を猫と聴き居る夜半の冬

主人の聴いたのは厳冬深夜の天籟には相違なかったが、猫は捕り残した鼠の足おとでも天井に聴きつけて耳を動かしていたのであったかも知れない。

そういう彼の愛猫でまた親友を兼ねたデカチビは、このごろ頓《とみ》に元気を失い、半月ばかり前、久しぶりに五六日家に帰らなかったのを最後に、あまり外へも出かけずそれに目をしょぼしょぼさせて毛色も悪く痩《や》せて肩の骨などがあらわに、むかし栗の実を懸命に追いかけたころのおもかげは名残りもない。年をとったのだから是非もないと思うが、せいぜい栄養を与えて肥らせてやろうと、好きなものを択《よ》って与える食事などもいまでのようによろこんでは食べず。従って対談にも身を入れない。一旦口に入れたものも食べないで残すような様子がおかしいので、注意してみると、上顎《あご》も下顎もすっかり歯が落ちてしまっているのであった。いつの間にこんな事になったものやら少しも気がつかなかったが、まだ十歳にもなるまいがもう老猫になってしまったものと見える。さんしょううおに入歯をしたとかいう話は聞いたが、猫に入歯をしてやることも厄介だし、その後は一旦嚙《か》みほぐしたものをやることにした。今までは満腹すればすぐ部屋を出て行ったのに、このごろではいつまでも主人のそばを立ち去らないで満腹の身をぐったりとその場に横たえて動かず、声をかけてやっても返事もせずに、ただ尻尾のさきをピリピリさせて返事に代えるだけで、眼をしょぼしょぼさせて見上げる様子などもなさけない。

　そのうち姿が見えないと思ったら、外に出かけたのでもなく部屋の隅の机の下にもぐりうずくまっていたり、便所の片隅に隠れるようによこたわって動かず、大きくゆれる腹と見張った目とで死んでいるのではないことがわかるような状態のことなどもある。

　不精になったのかずうずうしくなったのか、夜などは寝ていた近くに尿をたれ流すことが度々あり、下性のよいその生来の美徳まで失われてしまった。しかしあまり元気がないので叱りたしなめることもできない。それでも一声かければ、耳をうしろにして恐縮の意を示しながらコソコソと逃げて行ってしまう。尤《もつと》も、これらの失禁はものかげに隠れ込んでいたために気づかれないで部屋のなかに閉じ込められてすぐには外に出られなかったせいとわかってみると、あまり深くとがめることもできまい。

何にしても病気に違いないといつもの猫医者に来てもらうとやはり老衰と栄養失調だと言いながら五六日栄養の注射をして行ったらしい。

この医者は何らとりえのない駄猫を愛して医療までしているのを見て、ノラ猫に不便をかけている慈善家だと思っているらしい。彼は猫の美と珍とのためにそれを愛する人は知っていても、そのかしこさのために、また愛そのもののために愛する人のあることは知らないらしい。

年をとるのは猫ばかりではない。愛猫が老い行くと同様に、主人も亦《また》年をとって行く。しかし人間の定命は猫よりも長いだけに、猫みたいに僅々《きんきん》この七八年のうちに、そう一度にどっと老い込むわけではなく、体力も気力もまだ決して衰えてはいないと思っているのは、もともと子供のように主観的な当人だけで、周囲の人々が仔細に見たら、童子のような、こんな猫の愛し方など、人間と猫との相違こそあれ、やっぱりデカチビ同然の老態なのかも知れたものではない。

この家の婆さんの来歴は、猫のものほど明確ではない。一口に婆さんと言うが年のほどもよくわからない。それでも三十を越えた息子がいると聞けば、この家に三十年以上いることもわかり、婆さんの年のほどもおおよそ見当がつく。

もともと猫のように可愛《かわい》らしくもなく、栗を一所懸命に追っかける時のチビほど敏捷でもなかった。チビほどではなかったとしても二十年前は、今とは違っていた。

アメリカとの戦争中といえば、もう二十数年も前のことになるから、婆さんの壮年末期もしくは婆さん初期に入っていたかも知れない。それでも、不精者でものの役に立たぬ亭主どのを差しおいて防空演習にも実戦にさえ参加して隣組の義務を果していたものであった。

「だから戦争に負けたのはお前たちのせいだ。おれは戦争の見物にはでかけたが、戦争をしたおぼえはない」

と敗戦後、亭主は婆さんをからかうのである。

疎開して後は、児孫ら一家五人のために食糧集めに大童《おおわらわ》で活動し、町まで仕入れに出た帰りには、その背負っているあまりに大きな荷物に、行きずりの人が、

「あんたさん何をあきないやすか」

と問うので、

「何でも売りやす」

と答えたほどで、防空戦での実績のほどはわからないが、疎開中の活動なら殊勲甲であろう。疎開から引き揚げる時にも、赤帽のいなかった上野駅の長いプラットフォ

ームを、背に両手に大きな荷物を蟻のように運んだものであった。

その翌年の正月、孫たちが近所の子供連を集めて来てのかるた会の席上で亭主どのは、亭主関白妻、

疎開して後の力にくらぶれば
　昔はものをかつがざりけり

と読み上げて子供たちをまごつかせたものであった。

その後、二十余年を経て、この働き者が台所仕事まで一切お手伝いに任せ切ってしまって、ほとんど何もしなくなった。そうして二十年前のことを、

「あの時は気が張っていたし、まだ年も若かったのだから」

と婆さんは、その十数年間に猫の七八年分を一気に年取ったらしく婆さんになったことを自認している。そうして近ごろでは、そんなところへそんなものを置いては危くて困ると何度も注意するのも聞かずに土瓶ややかんの類を出入口に置いたのを蹴《け》ったり、つるを足にひっかけてひっくりかえしたり、さては食膳に運ぼうと捧げ持って来た盆をそこらに投げ出して、お漬け物をバラ撒いたり、茶碗をおっ欠いたりすることが度重なる。亭主どのは渋い顔をして、それでも笑いながら、

「なが年、つれ添《そ》うて子まである間がらだから、役に立たなくなっても仕方がないとは思っているが、こう度々わるさをして室内に洪水や噴火のような天変地異を起され

てはもう我慢もならない。ここに佐藤春夫先生という方がお訳しになったイギリスの詩人の『疲れた人』という詩がある。こうだ――

私はしずかな紳士なのです、
私はいつも坐ってゆめ見ています。
それだのに私の妻は山腹にいて
まるで谷川のように荒ら荒らしい。

私はしずかな紳士なのです、
私はいつも坐って考えています。
それだのに私の妻は旋風になって駆ける
インキのように黒い夜のさなかを。

おお私にください、私の種族の女を、
私のようによくひかえ目なのを
私たちは火のそばに辛抱づよく坐って
私たちが死ぬまでじっとしていように」

婆さんはせっかく爺さんが読んだ詩に対しては、ただ、

「何だかおもしろそうな詩ね」

と一口言っただけで、それ以上の反応は少しも示さなかった。張り合いのない奴だと爺さんは心中甚だ平かならず。猫ならば耳をうしろに伏せるとか、尻尾のさきをピクつかせるとか、何か多少の反応もあったろうにと、そこで爺さんはもう一度出直した──

「役に立たなくなったのは、年のせいで是非もないと永年のなじみがいに黙っていたが、こう度々わるさをするようになっては、何かと仕置きはしなければなるまい」

「それに猫のようにかわいらしくもありませんしね」

「うん、そこだよく言った。猫はひとの言葉のそばから口出しをして話の邪魔はしない。ついでにそこに気がついたら、猫ほどかわいらしくなくとも、猫よりもえらいのだがね」

ところで仕置きをすると息巻いてみたところで、追放するところとては何処《どこ》にもなし、監禁して置きたくともそんな部屋とてもなく、またそれを設ける資金などはまるでないとあっては、爺さんに方法はない。

「ところで今日こわしたのは、わたし自身のお茶わんで、あなたがお気に入りの馬の

お茶わんではありません。それに免じて、少しは情状を酌量してはいただけないものでしょうか」

「いや、いけない。こわした物によって情状を酌量するなんて、それは偶然の結果ではないか。それに日常の雑器とは言え、みな家宝なのだ。買い直せばすむものという考えが、そもそもの間違い、そういう心がけが物を粗末にしているのだからね」

「おやおや、これは情状酌量どころか、かえってやぶ蛇に、また一つ罪状を告発されたようなものでしたね」

「いや、その心配なら無用、罪の重なる場合は、その重い方を処分するのが原則なのだからね。それに情状酌量の方は、猫のようにかわいらしくもないという謙虚な自己認識で何とか考慮してもよい。それにしても仕置きは必ずしないでは措《お》かない。このままにすませばくせになる。身辺の平和をさわがし、室内の秩序を乱した大罪は重い。正に追放に当るものである。しかし情状は十分に酌量しよう。終身刑というのはよく聞くが、終身執行猶予というのは有るか無いかは知らないけれど、この際、特例をひらいて、この恩典に浴させることにしよう」

と宣言した爺さんは、心中、何やらもの足らない気分であったが、こう言い了《おわ》ったところで、ふと名案が思い浮んで言い足したものであった——

「手に持ったものを取り落したり、ものに躓《つまず》いたりすることのしばしばあるのは、ただの粗相ではなく、何か神経系統の病気の場合がよくあるとか聞きかじったことがあったが、一度や二度ではなく、あまり時々のことなのだから、これはやはり用心して置いた方がよさそうなと思うのだ。仕置きは終身執行猶予として、その代りというわけでもないが、一つお医者へ任意出頭して診察してもらって来たらどうかね」

「お医者へ行くのですか？」

と婆さんは追放と聞かされた時よりは、しんけんな顔をした。追放などとはただ爺さんのいつもの戯言と聞き流したが、診察のためお医者へ行けと言われては聞き捨てにならない現実として、同じく爺さんのいいかげんな戯言も何やら不安が伴うばかりか、婆さんは爺さんのまだ知らなかったむかしから今も医者に診察されることが理由もなく大嫌いなのであった。爺さんはそれをよく知っていたから、こういう風変りな罰ならぬ罰を課したものらしい。

一時は死ぬのではないかとまで見えていたデカチビ、爺さんの親友たる愛猫は、新涼とともに健康を取りもどして食慾も出た。でも歯は生えて来ないから、軟くおいしいものなら吠え呻りながら盛んに食べているという。

それにしても婆さんはその後、爺さんの要求する身辺の平静と室内の秩序とを果してどれだけによく保持し得ているかどうかはまだ十分に聞き及ばない。爺さんは愛猫を語るように事こまかくは婆さんを語らないからである。そうして最後に、

老いらくの恋と愛撫す桐火桶

という近作一句を示したものであった。今年の二月、余寒のきびしかった頃のことである。

著者略歴

◎「言葉」の介在しない世界の魅力　『そこのまる』ランダムハウス講談社より

養老孟司　ようろうたけし

一九三七年、神奈川生まれ。解剖学者。『からだの見方』でサントリー学芸賞、『バカの壁』で毎日出版文化賞特別賞、神奈川文化賞受賞。おもな著作に『唯脳論』『死の壁』『遺言。』『老い方、死に方』など。

◎「四匹のエイリアン」の巻　『晴れ　ときどき猫背』集英社より

村山由佳　むらやまゆか

一九六四年、東京生まれ。小説家。『春妃～デッサン』（『天使の卵――エンジェルス・エッグ』に改題）で小説すばる新人賞、『星々の舟』で直木賞、『ダブル・ファンタジー』で中央公論文芸賞、島清恋愛文学賞、柴田錬三郎賞、『風よ　あらしよ』で吉川英治文学賞受賞。おもな著作に『おいしいコーヒーのいれ方』『放蕩記』『Ｒｏｗ＆Ｒｏｗ』など。

◎猫に名前をつけすぎると　『猫に名前をつけすぎると』河出文庫より

阿部昭　あべあきら

一九三四年、広島生まれ、小説家。『千年』で毎日出版文化賞、『人生の一日』で芸術選奨文部大臣新人賞受賞。おもな著作に『司令の休暇』『短編小説礼讃』など。一九八九年没。

◎猫　『再び女たちよ！』新潮文庫より

伊丹十三　いたみじゅうぞう

一九三三年、京都生まれ。映画監督、俳優、エッセイスト、テレビマン、CM作家、商業デザイナー。脚本、監督作品に「お葬式」「タンポポ」「マルサの女」など。おもな著作に『ヨーロッパ退屈日記』『女たちよ！』など。一九九七年没。

◎猫　『池波正太郎自選随筆集　上巻』朝日新聞社より

池波正太郎　いけなみしょうたろう

一九二三年、東京生まれ。小説家、劇作家。「錯乱」で直木賞受賞。『鬼平犯科帳』『剣客商売』『仕掛人・藤枝梅安』などのシリーズで吉川英治文学賞受賞。エッセイに『食卓の情景』『散歩のとき何か食べたくなって』など。一九九〇年没。

◎風の中の子猫　『ミーのいない朝』河出文庫より

稲葉真弓　いなばまゆみ

一九五〇年、愛知生まれ。詩人、小説家。「蒼い影の傷みを」で女流新人賞、『エンドレス・ワルツ』で女流文学賞、『声の娼婦』で平林たい子文学賞、『海松《みる》』で川端康成文学賞、芸術選奨文部科学大臣賞、『半島へ』で谷崎潤一郎賞、中日文化賞、親鸞賞を受賞。二〇一四年に紫綬褒章を受章、同年没。

◎ビーチの到来（抄）　『猫のよびごえ』講談社文庫より

町田康　まちだこう

一九六二年、大阪生まれ。小説家、詩人、ミュージシャン。『くっすん大黒』でBunkamuraドゥマゴ文学賞、野間文芸新人賞、「きれぎれ」で芥川賞、『土間の四十八滝』で萩原朔太郎賞、「権現の踊り子」で川端康成文学賞、『告白』で谷崎潤一郎賞受賞。おもな著作に『屈辱ポンチ』『ギケイキ』『口訳 古事記』など。

◎猫、想像力を鍛える　『今日も一日きみを見てた』角川文庫より

角田光代　かくたみつよ

一九六七年、神奈川生まれ。小説家。『まどろむ夜のUFO』で野間文芸新人賞、『空中庭園』で婦人公論文芸賞、『対岸の彼女』で直木賞、『八日目の蟬』で中央公論文芸賞受賞。おもな著作に『幸福な遊戯』『かなたの子』『タラント』など。

◎猫の耳の秋風　『ノラや』ちくま文庫より

内田百閒　うちだひゃっけん

一八八九年、岡山生まれ。小説家、随筆家。おもな著作に『冥途』『東京日記』などの小説のほか『百鬼園随筆』『阿房列車』などの随筆多数。一九七一年没。

◎優しい雌猫　『チャイとミーミー』河出文庫より
谷村志穂　たにむらしほ
一九六二年、北海道生まれ。小説家。『海猫』で島清恋愛文学賞受賞。おもな著作に『黒髪』『余命』『尋ね人』『移植医たち』『過怠』など。

◎一畑薬師　『眼が見えない猫のきもち』平凡社より
徳大寺有恒　とくだいじありつね
一九三九年、東京生まれ。自動車評論家、エッセイスト。おもな著作に『間違いだらけのクルマ選び』『いい女のカーライフ』『大人のためのブランド・カー講座』など。二〇一四年没。

◎猫缶と夏の涼　『吾輩は猫が好き』中公文庫より
野坂昭如　のさかあきゆき
一九三〇年、神奈川生まれ。小説家、作詞家、タレント、政治家。「火垂るの墓」「アメリカひじき」で直木賞、『文壇』その他で泉鏡花文学賞受賞。おもな著作に『エロ事師たち』『エロトピア』『マリリン・モンロー・ノー・リターン』など。二〇一五年没。

◎魔性の女　『猫といっしょにいるだけで』新潮文庫より
森下典子　もりしたのりこ
一九五六年、神奈川生まれ。エッセイスト。おもな著作に『日日是好日』『前世への冒険　ルネサンスの天才彫刻家を追って』『いとしいたべもの』『青嵐の庭にすわる「日日是好日」物語』など。

◎猫の親子　『中勘助全集 第十二巻』岩波書店より

中勘助　なかかんすけ

一八八五年、東京生まれ。小説家、詩人、随筆家。おもな著作に『銀の匙』『犬』『母の死』など。一九六五年没。

◎仔猫の「トラ」　『新編　燈火節』月曜社より

片山廣子　かたやまひろこ

一八七八年、東京生まれ。歌人、随筆家、翻訳家（松村みね子名義）。『燈火節』で日本エッセイスト・クラブ賞受賞。おもな歌集に『翡翠』『野に住みて』など。翻訳本多数。一九五七年没。

◎猫の引越し　ほか二篇　『猫のいる日々』徳間文庫より

大佛次郎　おさらぎじろう

一八九七年、神奈川生まれ。小説家。『帰郷』で日本芸術院賞受賞。おもな著作に『鞍馬天狗』『赤穂浪士』『霧笛』、絵本『スイッチョねこ』など。一九七三年没。

◎それでもネコは出かけてく　『それでも猫は出かけていく』幻冬舎文庫より

ハルノ宵子　はるのよいこ

一九五七年、東京生まれ。漫画家、エッセイスト。吉本隆明を父に持つ。おもなコミックに『虹の王国』『プロジェクト魔王』『はじまりの樹』エッセイに『猫だましい』『隆明だもの』など。

◎うずまき猫の行方　『たかが猫、されどネコ』角川春樹事務所より

群ようこ　むれようこ

一九五四年、東京生まれ。小説家、エッセイスト。おもなエッセイに『午前零時の玄米パン』『鞄に本だけつめこんで』『無印良女《むじるしりょうひん》』『食べる生活』、小説に『かもめ食堂』『パンとスープとネコ日和』『今日はいい天気ですね。れんげ荘物語』など。

◎失猫記　『北村太郎の仕事3　散文Ⅱ』思潮社より

北村太郎　きたむらたろう

一九二二年、東京生まれ。詩人、翻訳家。『眠りの祈り』で無限賞、『犬の時代』で芸術選奨文部大臣賞、『笑いの成功』で藤村記念歴程賞、『港の人』で読売文学賞受賞など。おもな詩集に『北村太郎詩集』など。一九九二年没。

◎猫と妻　『島尾敏雄全集　第14巻』晶文社より

島尾敏雄　しまおとしお

一九一七年、神奈川生まれ。小説家。『死の棘』で読売文学賞、日本文学大賞、芸術選奨文部科学大臣賞、『硝子障子のシルエット』で毎日出版文化賞ほか、『日の移ろい』で谷崎潤一郎賞、日本芸術院賞、「湾内の入江で」で川端康成文学賞、『魚雷艇学生』で野間文芸賞受賞。一九八六年没。

◎愛撫 『梶井基次郎全集 第一巻』 筑摩書房より

梶井基次郎 かじいもとじろう

一九〇一年、大阪生まれ。小説家。おもな著作に『檸檬』『城のある町にて』「冬の日」など。一九三二年没。

◎ねこ 『谷崎潤一郎全集 第二十三巻』 中央公論社より

谷崎潤一郎 たにざきじゅんいちろう

一八八六年、東京生まれ。『細雪』で毎日出版文化賞、朝日文化賞、『瘋癲老人日記』で毎日芸術賞受賞。おもな著作に『痴人の愛』『春琴抄』『卍』『陰翳礼讃』など。一九六五年没。

◎猫先生の弁（抄） 『豊島与志雄著作集 第六巻』 未来社より

豊島与志雄 とよしまよしお

一八九〇年、福岡生まれ。小説家、翻訳家、仏文学者。おもな訳書に『レ・ミゼラブル』『ジャン・クリストフ』、著作に『生あらば』『白い朝』『太宰治との一日』など。一九五五年没。

◎猫の睡眠と小供 『猫』 河出文庫より

石田孫太郎 いしだまごたろう

一八七四年生まれ。養蚕家。おもな著作に『実地応用養蚕の奥義』『嫉妬の研究』『明治蚕業大事紀』など。一九三六年没。

◎猫の見る夢　『湯ぶねに落ちた猫』ちくま文庫より

吉行理恵　よしゆきりえ

一九三九年、東京生まれ。小説家、詩人。詩集『夢のなかで』で田村俊子賞、「小さな貴婦人」で芥川賞、『黄色い猫』で女流文学賞受賞。おもな著作に『雲のいる空』など。二〇〇六年没。

◎一匹の猫が二匹になった話　『野上彌生子全集 第二十巻』岩波書店より

野上弥生子　のがみやえこ

一八八五年、大分生まれ。小説家。『迷路』で読売文学賞、『秀吉と利休』で女流文学賞、『森』で日本文学大賞受賞。おもな著作に『真知子』など。一九八五年没。

◎猫のピーターのこと、地震のこと、時は休みなく流れる　『うずまき猫のみつけかた』新潮文庫より

村上春樹　むらかみはるき

一九四九年、京都生まれ。小説家、翻訳家。『風の歌を聴け』で群像新人文学賞、『世界の終りとハードボイルド・ワンダーランド』で谷崎潤一郎賞受賞。その他おもな著作に『ノルウェイの森』『海辺のカフカ』『1Q84』『騎士団長殺し』『一人称単数』など。訳書に『最後の大君』（スコット・フィッツジェラルド）など。二〇〇六年、フランツ・カフカ賞、二〇〇九年、エルサレム賞受賞。

◎季節の中の猫　『猫の散歩道』中公文庫より

保坂和志　ほさかかずし

一九五六年、山梨生まれ。小説家。『草の上の朝食』で野間文芸新人賞、「この人の閾」で芥川賞、『季節の記憶』で谷崎潤一郎賞、平林たい子文学賞、「こことよそ」で川端康成文学賞受賞。おもな著作に『プレーンソング』『猫に時間の流れる』『カンバセイション・ピース』『未明の闘争』『ハレルヤ』『猫がこなくなった』など。

◎猫の墓　『夏目漱石全集10』ちくま文庫より

夏目漱石　なつめそうせき

一八六七年、東京生まれ。小説家、英文学者、俳人。おもな著作に『吾輩は猫である』『坊っちゃん』『草枕』『それから』『門』など。一九一六年没。

◎フツーに死ぬ　『神も仏もありませぬ』ちくま文庫より

佐野洋子　さのようこ

一九三八年、北京生まれ。絵本作家、エッセイスト。童話『わたし いる』でサンケイ児童出版文化賞、『わたしのぼうし』で講談社出版文化賞絵本賞、『ねえ とうさん』で日本絵本賞、小学館児童出版文化賞、エッセイ『神も仏もありませぬ』で小林秀雄賞受賞。おもな絵本に『一〇〇万回生きたねこ』など。二〇一〇年没。近年編まれたエッセイアンソロジーに『今日でなくてもいい』『とどのつまり人は食う』などがある。

◎猫になればいい　『フランシス子へ』（構成・文　瀧晴巳）講談社文庫より

吉本隆明　よしもとたかあき

一九二四年、東京生まれ。詩人、思想家、批評家。『夏目漱石を読む』で小林秀雄賞、『吉本隆明全詩集』で藤村記念歴程賞、宮沢賢治賞受賞。おもな著作に『言語にとって美とはなにか』『共同幻想論』『最後の親鸞』『ひきこもれ――ひとりの時間をもつということ』『真贋』など。二〇一二年没。

◎猫　『新校本　宮澤賢治全集　第十二巻　童話Ⅴ・劇・その他』筑摩書房より

宮沢賢治　みやざわけんじ

一八九六年、岩手生まれ。詩人、童話作家。おもな著作に『心象スケッチ　春と修羅』『イーハトヴ童話　注文の多い料理店』『銀河鉄道の夜』『風の又三郎』など。一九三三年没。

◎猫と婆さん　『佐藤春夫全集　第九巻』講談社より

佐藤春夫　さとうはるお

一八九二年、和歌山生まれ。詩人、小説家。『晶子曼陀羅』で読売文学賞受賞。おもな著作に『田園の憂鬱』『退屈読本』『車塵集』『殉情詩集』『李太白』など。一九六四年没。

解説　百年の猫を編む

大久保《おおくぼ》　京《みやこ》

私が猫専門書店を始めて十年が経った。初めて猫を飼った三十年前に、猫に関する沢山の本を読みたいと思ったが、当時インターネットが現在ほど普及していなくて、ぐうたらな私は「猫の本だけを集めた書店があったらいいのに……」と嘆息していた。その妄想の中にしかなかった本屋を自分でやることになろうとは夢にも思わなかった。人生とは分からないものである。

二〇一三年に開業して以来、実にさまざまな猫本を読み、取り扱ってきた。国内外の小説・随筆・エッセイ・絵本・児童書・写真集・美術書云々……。その中でいったい何匹の猫たちと出会ってきたのか、もう数えきれないくらいだ。私の見る限り、本の中に登場する動物の中では猫が一番多いように感じる。また販売していて感じるのだが、古い短編集の改訂・再版されたものが若い読者に人気がある。全集に入っていたり、絶版になっていたものが手軽に読めるようになり、より多くの、そして新しい年代に広く知られていくのは喜ばしいことだと思う。

そもそも作家と猫は相性がいい。私なりにその理由をいろいろと考えてみたが、まず夜に行動的になることが多い作家と親和性があること。本書で谷崎潤一郎もこのように述べている。

「夜なんか、机の脇《わき》に静物か何かのように、じいっと落ちついているのを見ると、如何にも静かで、心が自然に和んでくるようです」

池波正太郎のシャム猫は、仕事を終えてほっとしてウイスキーを飲む主人のご相伴をしていたらしい。いったい何匹の猫たちが作家の心を癒し、執筆への活力を与えてきたのだろう。現在と違って昔は猫は家の中、犬は外で飼うことが殆どだった。そのため人間との生活時間が長い猫は、これまた会社ではなく自宅で仕事をすることが多い作家たちと濃密、かつ良い関係を築きやすかったのではないだろうか。犬と違ってうるさく吠えず、せっかく筆が乗ってきたところを中断せざるを得ない「散歩」という行為が不要というのもありがたかったに違いない。

そしてこれが最も重要だが、猫は作家の想像（創造）力を刺激し、かき立てる存在だということだ。

池波正太郎は執筆に行き詰って苦しんでいたある日、愛猫が塀の上で空間の一点を見つめたまま身じろぎもしないのに気付き、「あんなとき、猫は、いったい何を考えているのだろう?」と思った。その態度に犬よりずっと人間に近い生きものとして猫を見ているうちに閃いたものがあり、スランプを脱したという。養老孟司も動物には言葉がないのでひたすら想像しなくてはならない、と述べている。そんな逸話を読むと猫は作家にとってなくてはならない存在だと改めて思う。

本書は明治から平成までの約一〇〇年間に書かれた、三十三人の作家の短編集である。

一番古いのは、夏目漱石「猫の墓」一九〇九（明治四二）年『永日小品』（書籍化は一九一〇年）で、最新は角田光代「猫、想像力を鍛える」『今日も一日きみを見てた』二〇一五（平成二七）年。惜しむらくは、もうちょっと（ちょっとどころではないが）遡って、平安前期の宇多《うだ》天皇が書いた黒猫の日記が収められている『寛平御記《かんぴょうぎょき》』まで入っていたら一〇〇〇年以上の内容が網羅できていたのに……と思ったのは私の我儘であろう。

本書には目次の順番に読むべきだ、というような堅苦しい決まりはない。年代順に並んでいるわけでもなく、どこからでも開いてその日の気分や興味のある作家のところから読んでも良い。そういう自由なところも猫に似ている。

名随筆家として名高い、阿部昭の「猫に名前をつけすぎると」は、T・S・エリオットの「猫には三つの名前が必要だ」という説を受けて書かれたような内容である。この本の中でも実にいろいろな猫の名前が登場する。毛色や見た目そのままのもの、

「クルツ」など、身体の特徴からつけたもの、頑張って舶来の名前をつけたもの、等々。当店はオンライン通販もしているが、お客様から送られてくるメールアドレスはどう考えても猫の名前とおぼしきものが多く、見ていて「どれだけ猫好きなんだろう……」と自分をさておいて、ニヤニヤしてしまう。

さて、一口に猫の短編集といっても、猫に対するアプローチはさまざまだ。石田孫太郎のように、日本で初めて猫の生態を研究したものや、夏目漱石の「猫の墓」のように猫の生活や死を淡々と書いたもの。夏目家の猫に対する態度は到底猫好きとは思えず、日本で一番有名な猫、「吾輩」のモデルとなったあの猫の最期がこれなのか……と少々悲しくなるほどだ。死んでから手のひらを反すように墓標を立てたり、花や水、そして命日には鮭まで供えたという顚末にようやく救われた思いがする。ちなみに漱石の次男の夏目新六や野村胡堂によると、漱石は猫より犬派だったという。

反対に元祖ペットロスの内田百閒は猫への愛情がいささか度を越している。二代目の愛猫に延々と話しかける「猫の耳の秋風」では、失ったノラを思って膝にいるクルツの上に涙をこぼすありさま。そして、猫の肉球を見て「あんまり猫猫して猫たる事が鼻につく」という名言は、この作中の白眉だと個人的に思う。

猫の描写を詳細に語り、「緩急自在頗る魅惑的」と評する谷崎潤一郎、犬派と論議し、「猫は本来立派だから、進化の必要がなかったのです」と言い切る豊島与志雄、猫が懐で寝てしまい原稿を書くのに苦労する中勘助、木村荘八のお通夜に行く大佛次郎に「木村家の猫へのお見舞い」と魚を持たせるその夫人。そもそも大佛次郎は文学界屈指の猫好きで、生涯で五〇〇匹もの猫と生活していたというのはあまりにも有名な話である。

変わった形で猫への愛情を見せているのが宮沢賢治。「猫の事務所」での猫の描き方や、本書に収められている「猫」の最後の一文「どう考えても私は猫は厭ですよ」からすると、そこまで猫好きではないのでは？　と思うのだが、近年原稿用紙の裏に猫の絵が描いてあったのが発見されたというのを聞くと、ツンデレ系の猫好きなのではないかと思う。そもそもこの短編の猫の描写は実に美しく神秘的で、猫の本質を捉えている。

梶井基次郎に至っては猫の耳を切符切りでパチンとやってみたい、とか猫の手の化粧道具の夢を見るなど、少々猟奇的な愛も感じる。ただ、彼のやっている猫の蹠《あしのうら》を瞼にあてがう「猫の手温熱療法」は、しばしば私もやっていることなので、昔も今も猫好きがやることは同じだと、面白く思った。

そのほか、おやつを減らすことを提言して猫から叱られる町田康、留守番させている猫が心配なあまり、あらぬ想像ばかり巡らせて宴会を中座してしまう角田光代など、猫に翻弄される作家たちも登場する。

そういうわけで、本書はさまざまな作家のさまざまな形の猫愛が垂れ流しっぱなしの一冊だ。そして何より、作家たちをしてこのような文章を書かせた、それが猫の魅力を立証するものであり、一番の功績でもあるだろう。

横にいて、私を見張っている（猫の）店主と共に
猫本専門書店　書肆吾輩堂（人間の）店主

本書は、二〇一八年一〇月に小社より単行本『にゃんこ天国』として刊行されたものの文庫化です。文庫化にあたり改題しました。

選者　杉田淳子、武藤正人（go passion）

◉編集部より

本書は、著者による改稿とルビを除き、底本に忠実に収録しております。収録作品のなかには、一部に今日の社会的規範に照らせば差別的表現あるいは差別的表現ととらえられかねない箇所が見られますが、作品全体として差別を助長するようなものではないことから原文のままとしました。

猫《ねこ》と
ねこのエッセイアンソロジー

二〇二四年 二 月一二日 初版印刷
二〇二四年 二 月二二日 初版発行

著 者 養老孟司《ようろうたけし》／村山由佳《むらやまゆか》ほか
発行者 小野寺優
発行所 株式会社河出書房新社
〒一五一－〇〇五一
東京都渋谷区千駄ヶ谷二－三二－二
電話〇三－三四〇四－八六一一（編集）
〇三－三四〇四－一二〇一（営業）
https://www.kawade.co.jp/

ロゴ・表紙デザイン 粟津潔
本文フォーマット 佐々木暁
本文組版 KAWADE DTP WORKS
印刷・製本 中央精版印刷株式会社

Printed in Japan ISBN978-4-309-42081-3

野良猫ケンさん

村松友視 41370-9

ケンカ三昧の極道野良に、作家はこよなく魅入られていった。愛猫アブサンの死から15年。作家の庭には、外猫たちが訪れるようになった。猫たちとの交流を通し、生と老いを見据える感動のエッセイ！

愛別外猫雑記

笙野頼子 40775-3

猫のために都内のマンションを引き払い、千葉に家を買ったものの、そこも猫たちの安住の地でなかった。猫たちのために新しい闘いが始まる。涙と笑いで読む者の胸を熱くする愛猫奮闘記。全ての愛猫家必読！

世界を旅する黒猫ノロ

平松謙三 41871-1

黒猫のノロは、飼い主の平松さんと一緒に世界37ヵ国以上を旅行しました。ヨーロッパを中心にアフリカから中近東まで、美しい風景とノロの写真に、思わずほっこりする旅エピソードがぎっしり。

ミーのいない朝

稲葉真弓 41394-5

“ミー、さようなら。二〇年間ありがとう。あなたと一緒に暮らせて、本当に幸せだった”。愛猫ミーとの光満ちた日々。その出逢いと別れを通し、深い絆を描く感涙のエッセイ！　巻末に未発表原稿収録。

チャイとミーミー

谷村志穂 41543-7

いかないでよ、チャイ。頼むから、そばにいて——。縁あって出会った二匹の猫、チャイとミーミー。かけがえのない家族として寄り添う日々を描く感動作。チャイとの別れを描いた、文庫版書き下ろし収録。

猫の客

平出隆 40964-1

稲妻小路の光の中に登場し、わが家を訪れるようになった隣家の猫。いとおしい訪問客との濃やかな交情。だが別れは唐突に訪れる。崩壊しつつある世界の片隅での生の軌跡を描き、木山捷平賞を受賞した傑作。

猫道楽

長野まゆみ　40908-5

〈猫飼亭〉という風変わりな屋号。膝の上に灰色の猫をのせ、喉を撫でつつ煙管を遣う若い男。この屋敷を訪れる者は、猫の世話をするつもりが、〈猫〉にされてしまう……。極楽へ誘う傑作！

ねこのおうち

柳美里　41687-8

ひかり公園で生まれた６匹のねこたち。いま、彼らと、その家族との物語が幕を開ける。生きることの哀しみとキラメキに充ちた感動作！

家と庭と犬とねこ

石井桃子　41591-8

季節のうつろい、子ども時代の思い出、牧場での暮らし……偉大な功績を支えた日々のささやかなできごとを活き活きと綴った初の生活随筆集を、再編集し待望の文庫化。新規三篇収録。解説＝小林聡美

プーと私

石井桃子　41603-8

プーさん、ピーター・ラビット、ドリトル先生……子どもの心を豊かにする多くの本を世に出した著者が、その歩みを綴った随筆集。著者を訪ねる旅、海外の児童図書館見聞記も。単行本を再編集、新規二篇収録。

みがけば光る

石井桃子　41595-6

変わりゆく日本のこと、言葉、友だち、恋愛観、暮らしのあれこれ……子どもの本の世界に生きた著者が、ひとりの生活者として、本当に豊かな生活とは何かを問いかけてくる。単行本を再編集、新規五篇収録。

不思議の国のアリス

ルイス・キャロル　高橋康也／高橋迪〔訳〕　46757-3

世界中で愛される名作ファンタジーがルイス・キャロル研究の第一人者による魔術的名訳でよみがえる。豊富な注釈とヴィジュアルで新たな発見に満ちた不思議の国へご招待。